砂子のなかより青き草

宮木あや子

平凡社

煙とも雲ともならぬ身なりとも草葉の露をそれとながめよ

装画❖今井キラ
装幀❖ミルキィ・イソベ＋林千穂（ステュディオ・パラボリカ）

砂子のなかより青き草

❖目次❖

一 ❖ 賀茂祭 ❖ 8
二 ❖ 時司の楼 ❖ 42
三 ❖ 二条邸 ❖ 77
四 ❖ 職御曹司 ❖ 113
五 ❖ 明順別邸 ❖ 147

六 ❖ 飛香舎 …… 177
七 ❖ 登華殿 …… 211
登場人物相関図 …… 247
大内裏図 …… 248
内裏図 …… 249
用語集 …… 250

❖登場人物❖

なき子（清少納言）……和歌の名手であった清原元輔の娘。才気を買われ中宮定子に仕える。

藤原定子……なき子の主。時の関白・藤原道隆を父に持ち、一条天皇のもとに入内し寵愛を受ける。

藤原伊周……定子の兄。定子が中宮となったことで、父・道隆に続き出世し、若くして大納言となった。

橘則光……なき子の元夫。修理亮、蔵人として一条天皇に仕え、なき子を陰から支える。

宰相の君……定子の女房のひとり。上臈女房としてほかの女房たちを取りまとめている。

藤原原子……定子、伊周らの妹。春宮妃として淑景舎（桐壺）に局を構える。

藤原道隆……定子、伊周らの父。定子を一条天皇の中宮に立て関白となり、全盛を誇る。

一条天皇……第六十六代に数えられる天皇。七歳で即位し、十歳で定子を女御として迎えた。

❖

藤原道長……藤原兼家第五子で道隆の弟にあたる。兄の道隆および道兼亡き後、伊周と後継を争う。

藤原彰子……藤原道長の娘。一条天皇のもとへ入内し、後に中宮となる。

式部の君（紫式部）……彰子の女房のひとり。なき子と並び立つ才女として知られる。

砂子のなかより青き草

一　賀茂祭

内裏《だいり》の朝は早い。草木に滴《したた》る朝露も見えぬまだ朝日の低いうちから、官職につく公卿《くぎよう》たちは登朝《とうちよう》し、政務を執《と》る。主上《おかみ》に仕《つか》える内侍《ないし》の女官《によかん》たちの朝はそれよりも早く、毎朝、清涼殿《せいりようでん》のほうからは水の中のような淡い闇に混じって密《ひそ》やかな足音と話し声が聞こえてくる。

この広大な京《みやこ》で、朝の始まるときを感じるのが、なき子は好きだった。夏はこれから日が昇るにつれて暑くなることを考えれば、朝の凜《りん》とした涼しさが極楽に思える。逆に冬は夜のほどろが一番寒いのだが、それでも薄闇の中に吐息の白いさまが見て取れると、厳しい冬が明けるのを待ち遠しくも名残《なごり》惜しく思った。

あのお方も、頰《ほお》の凍《し》むような冬の朝がお好きだった。なき子が一生涯をかけて愛し守ろうとした、美しい人。

ねえ少納言《しょうなごん》、わたくしたちずっと一緒にいましょうね。

どんなに恐ろしいことが待っていても、ずっと一緒にいましょうね。

ふたり一緒なら、きっとなにも怖くないわ。

かつて拝した身に余る御言《みこと》。一言一句《いちごんいっく》違《たが》わずに憶えている。あのお方の最期に、なき子は身体をもがれるような痛みを感じつつも、泣けなかった。

あのとき、一緒にいましょうとおっしゃったではないですか、と叫喚《きょうかん》できていたなら、あのお方は死なずに済んだのだろうか。

うつらうつらとした夢からうつつへと引き戻されたのは、どこか遠くの渡廊《わたろう》で誰かが転んで膳を引っ繰り返した音が聞こえたからだ。長袴《ながばかま》をうまく足で捌《さば》けない新入りの女官は、よく転ぶ。昔の、出仕《しゅつし》したばかりの自身のようだと、なき子は懐かしく思い温《ぬく》もった夜衾《やきん》の中で少し笑った。そして意を決し、冬の終わり、雪の積もった白銀の壺庭《つぼにわ》を眺めるためにその中から抜け出し、打《う》ち乱《みだ》りの筥《はこ》から薄くなった長い髪を取り出した。冬の枯色《かれいろ》に合わせた袿《うちき》を羽織り、薄暗い中で紅を刷《は》きなおしたのち、雑色《ぞうしき》を呼んで蔀戸《しとみど》を上げる支度を始めた。そのうち、同じ庇《ひさし》の間《ま》に寝ていた他の女房《にょうぼう》たちも起き出してくる。

「おはようございます、少納言の君」

「おはようございます」

「今日もまた寒うございますわね」

女たちの囀《さえず》るような声の中、深雪の庭に一筋の朝日が差す。南天の赤い実を見つけた女がそれを指差し、寂しそうに笑う。誰かが血を吐いたあとのようだと。女たちは押し黙り、その一点を見つめた。

主無《あるじな》き曹司《ぞうし》をも隔てなく日は照らし、後宮《こうきゅう》の、登華殿《とうかでん》に暮らす最後の一日が始まる。

*

なき子が内裏に出仕したのは正暦《しょうりゃく》四年、一条《いちじょう》天皇の御世のこと。

晩秋の肌寒い朱雀大路《すざくおおじ》をなき子は何故《なにゆえ》か、二年前まで夫であった則光《のりみつ》と共に上った。寒さよりも心もとなさになき子の手は凍《こご》えそうなほど冷たくなっており、華やかな衣装を身に纏《まと》った若い公卿たちが談笑しながら行き来する大内裏を抜けて、いざ承明門《しょうめいもん》の前に辿《たど》り着いたときには失神寸前の有様であった。

そもそも朱雀門の中、大内裏の百花を鏤《ちりば》めたかのごとき綺美《きび》なさまにも、場違いな気がしてならなかった。

「そう硬くならずとも良かろう」

かつて夫だった男は、もう若くない元妻の強張《こわば》り切った心を解《と》きほぐすように、優しく諭《さと》した。

「硬くなればなるほど、肩透かしを喰《く》らうぞ。誰もそなたに貴人《あてびと》としての期待などしておらぬ」

ぶしつけな言葉は、しかし的《まと》を射《い》ているので何も言い返せない。

なき子は受領《ずりよう》階級の娘であった。氏《うじ》は清原《きよはら》、かばねは真人《まひと》、そのかばねの示すとおり、本来は位《くらい》の高い貴族の娘として生まれ、古くは天武《てんむ》天皇を祖に持つ。

清原氏の多くはすでに臣籍《しんせき》へと下っており、なき子の父、元輔《もとすけ》ももとより源氏《げんじ》である。源氏の中でも格の高い真人のかばねを持つにも拘《かかわ》らず、元輔が五位以上を賜《たまわ》り殿上人《てんじようびと》となれたのはだいぶ遅く、地方長官として周防《すおう》に長年勤《つと》めることが決まったのとほぼ同時だった。

京《きよう》に生まれながらも父の都合で少女時代を周防の田舎に育ち、内裏など漢《かん》より遠い異国だと細想《めんそう》してきたなき子にとって、まさか自身が宮中に上がる日が来ようとは、全くの思外《しがい》であった。

貴族の子として生まれた娘であれば誰もが、見たこともない京の奥、内裏の後宮に思いを馳《は》せる。しかしそれはほとんどの娘にとって手の届かないところにある夢だ。なき子もかつてそういった娘のひとりであった。後宮に思いを馳せながら、中に入ることなく年老いて死んでゆくはずだった。

しかしながら、此方《このかた》なき子は女房として宮中に上がる。

ただの下級貴族と言えど、父の元輔は京では名を知られた歌の名手であった。なき子は元輔が齢《よわい》六十近くになってから生まれた娘なので、目に入れても痛くないほど可愛がられた。今思えば鬱陶《うっとう》しいことこの上ないが、ことあるごとに元輔はなき子の愛らしさ、賢《かしこ》さを同じ民部省《みんぶしょう》の役人たちに言い触らしていたのであろう、京に戻ったあと、自身の与《あずか》り知らぬところでなき子は、「元輔の才女」と言い囃《はや》されていた。

十三歳で京に戻ってきたなき子は、一部の変わった趣味を持つ男たちには大層人気があった。十七のときなき子の夫となったのが、ひとつ年上の橘《たちばなの》則光である。

則光との十年以上に亘《わた》る暮らしで、なき子は四人の子を産んだ。そして夜離《よが》れを迎えたのち間もなく父が死んだ。あまりにも立派な大往生《だいおうじょう》だったため涙は出なかったものの、四条の清原の屋敷は、もはや男も通って来ないような年齢のなき子ひとりとなってしまった。息子たちが元服《げんぷく》し、勤めに出られるようになるまではあと数年ある。新たな夫を探そうにも、なき子の悪評は高すぎた。

年増《としま》、しかも美しくない。そして極めつけになき子は才長《さいた》けていた。

男は古来より、自身と比べて愚かな女を好む。そのため、本当は賢くとも、愚かなふりをする女もいる。なき子はそういった処世《しょせい》に長けていなかった。少女の一番多感な時期を田舎でのびのびと過ごし、好き放題文学に没頭した結果、則光のような物好き以外は近づいて来ない奇妙な女となっていたのだ。

賢くて何が悪い、と開き直る点でなき子は女人としては賢くなかったが、生活できないほどの困窮《こんきゅう》を懸念《けねん》し、元夫が宮仕《みやづか》えの話を持ってきたのである。

中宮《ちゅうぐう》様が漢詩《かんし》にご興味を示されているが、読み、教えられる女房がおらぬ、と。なき子ならば漢詩などお手の物であろうと。

たしかにそのとおりではあるのだが。

「そなたにとっては娘のような齢の妃《きさき》の宮様ではないか。すぐに慣れるであろう」

承明門の前に突っ立ったままその言葉を聞いて、なき子はかつて睦《むつ》まじく暮らした仲ながらも、この男を絶対に許さないと思った。娘のような妃にお仕えするからこそ硬くなっているのだと、何故《なにゆえ》男は判《わか》らぬのか。

「これより先、わたしは入ることができぬ。さあ、行け。気取った女たちに負けるでないぞ、我がいもうと」

美しい釣灯籠《つりどうろう》と鳳闕《ほうけつ》を守る衛士の居並ぶ朱漆《しゅうるし》の門を、憤慨《ふんがい》したなき子はやぶれかぶれの気持ちのまま、ひとり徒歩でくぐったのだった。ここで親子ほども年の離れた妃に気に入られなければ、父も母も、夫も失ったなき子には、帰る場所がなかった。

——無理だ、帰りたい。

仕えることになった定子《ていし》の住まう登華殿の孫庇《まごびさし》へと上がったとき、なき子は言い知れぬ敗北感に打ちのめされた。帰るところもないのに帰りたいと思うほど、定子に仕える女房たちは皆、若く華やかだった。

孫庇、庇、母屋《もや》の境にはすべて簾《すだれ》が下ろされているため姿は見えないが、定子自身がまだ十八の、娘と言っても良い年齢である。十四歳のときに十歳の主上の妃として入内《じゆだい》した定子は、すぐに四位《しい》を賜り女御《にようご》となったと聞いている。一条天皇は年上のこの妃を寵愛《ちようあい》し、中宮とした。

元から孫庇に侍《はべ》る女房たちは、あからさまに奇異なものを見るような目でなき子を見た。たしかにわたくしは年増ですけれども。年増がそんなに珍しいのですか。

身に着けた装束《しようぞく》も他の女たちと比べれば野暮《やぼ》ったい気がしてくる。眉墨《まゆずみ》も濃すぎたかもしれない。もしかして焚《た》いてきた香がおかしな匂いなのだろうか。

どんどん卑屈《ひくつ》な気持ちになってきている最中、簾を分けて、一段上の庇に侍る、細面《ほそおもて》の女房がなき子の顔を探し、袖口《そでぐち》で近くに来るようにと合図した。なき子は消えてしまいたい気持ちで、膝立《ひざだ》ちになりその女のもとへ行く。

「そなたが清原元輔殿の娘の、ええと、なき子様ですね」

「左様《さよう》にございます」

「ようこそ登華殿へ。わたくしはお方様《かたさま》へお仕えする上臈《じようろう》女房、父は宰相《さいしよう》です」

「かしこまりました、宰相の君《きみ》」

なき子は頭《こうべ》を垂《た》れつつ、宰相の君の様子を盗み見た。打掛は禁色《きんじき》とされている紫、それだけ中宮に心を許されているのだろう。目鼻立ちが整い眦《まなじり》の涼しい顔だが、それほどは若くない。歳の近い者がいたことに安堵《あんど》したものの、次の言葉で再び胸のうちが強張った。

「早速ですが、お方様がお召《め》しあそばしてございます。母屋へお上がりなさいませ」

同じ孫庇の間へ侍る数人の女たちの視線が、一気になき子の背に突き刺さった。本来、孫庇に侍る女房は一段上の庇にすら上がることができない。それが、いきなり一段飛びで、定子の住まう母屋へ上がれと言うのだ。なき子も驚いて声が出なかった。

「何をぐずぐずしておられるのです、早《はよ》う」

宰相の君の幾分か尖《とが》った声に、覚悟を決めてなき子は簾をくぐった。否《いな》、くぐろうとしたら裙帯《くたい》を膝で踏んづけて躓《つまず》き、小さな悲鳴と共に前に転んだ。一斉《いっせい》にくすくすと笑い声が広がる。顔から火が出そうだった。

まだつづく嘲笑《ちょうしょう》と、品定めするような視線の中、宰相の君に手を引かれ、母屋と庇を隔てる豪奢《ごうしゃ》な簾をくぐる。

「お方様、こちらが清原殿の娘御《むすめご》、なき子様にございます」

床に額突《ぬかず》き、主の言葉を待っていたなき子は、「面《おもて》を上げなさい」というやや掠《かす》れた声の少しのち、目に飛び込んできた娘の顔を、おそらく一生涯忘れないと思った。

少女の面影《おもかげ》がそこかしこに滲《にじ》む皮膚《ひふ》の柔かそうな顔は、どこか拗《す》ねたように見える。豊かな黒髪は一糸《いっし》の乱れもなく穏やかな川と流れ、小ぶりな目も鼻も口も、菩薩《ぼさつ》が化身したかと思うような整いぶり、袖の先からのぞいた指先にある小さな薄紅色《うすべにいろ》の爪《つめ》は、早咲きの梅の花弁よりも愛らしい。

これほどまでに眩《まばゆ》い人を、誰がどのようにしてお作りになったのか。

「おまえが変わり者の年増姫ね。思っていたよりも老けていないし、醜《みにく》くもないわ、良かった」

定子は扇《おうぎ》で隠すこともせず、口の端《は》を少しだけ歪《ゆが》めて笑った。ひねくれた様子もまた夜にしか咲かぬ花のように婉美《えんび》である。魅入《みい》られ動けないなき子はただぶしつけにその顔を眺めた。

横に控える宰相の君に肘《ひじ》を小突《こづ》かれ、慌《あわ》てて頭を垂れる。

「どうぞ、よろしくお願い申し上げます」

「宰相、おまえは下がって良いわ」

頭上で聞こえた言葉に再びなき子の身体《からだ》は強張った。

「しかし……」

「わたくしの言うことが聞けない？　お下がりなさい」

語気を荒らげることもなく、定子は命じた。宰相の君は不安げな顔をしながらもそれに従う。

母屋に残されたなき子は、自身の破裂しそうな鼓動と闘《たたか》いつつも主となる女性《にょしょう》と向かい合った。

冬だというのに緊張で額《ひたい》に汗が滲む。そんな女を哀《あわ》れに思ったのか、定子は言った。

「……そんなに硬くならなくても良いわ。わたくしの女房となるのだから、凛となさい」

その声に僅《わず》かな優しさが含まれているのを感じ、なき子の身体は幾分か緩《ゆる》む。そしてここへ上がった目的を思い出し、懐《ふところ》に手を入れると帯の間に忍ばせておいたものを取り出した。

「それは？」

両手で差し出した草子《そうし》を怪訝《けげん》そうに定子は見つめる。

「白氏文集《はくしもんじゅう》の書写《しょしゃ》でございます」

「まあ、素敵」

ぱっと顔を綻《ほころ》ばせ、定子はなき子の手からそれを取り上げた。表紙を捲《まく》り、また声を上げる。

「とても綺麗《きれい》な手蹟《て》。おまえが書いたの？」

「はい」

「元輔殿はいろんなことをおまえに教えていたのね。羨《うらや》ましいわ」

なんとなく寂しそうに聞こえたその声に、なき子ははっとする。

貴族でも、地下《じげ》でも、女は愚かなほうが男に好まれる。事実、女に使用が許されているのは柔かく丸みを帯びた「かな字」だけである。漢詩に使われる無骨《ぶこつ》な「漢字」は男の使用する文字だ。

周防に下っていたころ、なき子はまだ幼かったゆえに、地下の子供たちと一緒になって遊んでいた。父が勤めから御殿へ戻ってきたあとは、歌や漢詩の勉強に努めたが、そんなことをしているのは、なき子だけだった。単純に彼らは文字が読めなかったし歌がなんなのかも判らなかったのだ。なき子にとっては日常であった学問が、他のところでは非日常であると、幼いなき子は母の一言で知ったのだった。

——女が学をつけても良いことは何もないのよ。

なき子は、定子の言うとおり、凜としようと思った。たしかに卑屈になっていてはなんのためにここに来たのか判らない。自身の立場を、律しておかなければ。

ひとまずそのために、畏《おそ》れ多くも定子を試した。

「女が学をつけても良いことは何もないと、わたくしの母が申しておりました」

なき子の言葉を聞いた定子は嫌悪《けんお》を露《あらわ》にし、眉間《みけん》に浅い皺《しわ》を寄せる。

「……おまえはどう思うの、なき子」

「良いことが何もないのならば、良いことがあるようにすればよろしいのではと、わたくしは思います」

そのときの定子の顔を、なき子はなんと言い表せば良いのか判らなかった。ただ、積もりたての雪よりも、咲いたばかりの花よりも柔かな手のひらに己の手を取られた感触はあまりにも甘美《かんび》で、なき子の返答と定子の思いが同じものであることに、しばらく気づかないほどであった。

「おまえみたいな女を待っていたの、わたくし」

「お方様……」

「ただ、期待はずれだったら明日にでも帰ってもらうわ。とりあえずこの写本を一緒に読んでちょうだい。わたくしも少しなら読めるけれど、判らないところもあるから」

身を寄せる定子の薫物《たきもの》の匂いに、なき子は恍惚《こうこつ》とした。


妃の殿舎《でんしゃ》に住まう女房たちの朝は、陪膳《ばいぜん》の役に就いている女官たちの足音で始まる。孫庇には几帳《きちょう》越しにみっしりと夜物《よるのもの》が並び、そこかしこから寝息が聞こえてくるため、ひとり暮らしの長かったなき子はあまり眠れなかった。

昨晩、簾の向こうには遅くまで灯《あか》りが点《とも》っていた。主上のお渡りはなかったはずだが、おそらくなき子の贈った漢詩集を読んでいたのだろう。

下臈《げろう》の女房たちは徐々に起き出してきて、総出で半蔀《はじとみ》を押し上げ朝の空気を殿に入れる。外は深々とした雪も積もり、息を呑《の》むような寒さだ。役に就いている女たちはそれぞれ朝餉《あさげ》を取りに台盤所《だいばんどころ》へと向かったり、手水場《ちょうずば》の水を汲《く》みにいったりする。

そういうこまごまとした仕事は、女房よりも少し立場の劣《おと》る女官たちが受け持つものだと聞いていたが、定子は自身にまつわるすべてを、自《みずか》らの女房に務めさせていた。得体の知れぬ女官たちに、食事や身の回りの世話をさせるなど恐ろしい、という理由だという。

現在、後宮に一条天皇の妃は定子ひとりしかいない。しかも定子は主上に寵愛されている。主上と身元の明らかな女房以外は、誰ひとり殿に入ることはなかった。それが定子の考える我が身を守る術《すべ》だと、昨晩宰相の君に言われた。

「清原の家の者などには、後宮がどれほど血に塗《まみ》れているか判らないでしょうね」

ある種、見下した言い方に思える言葉だが、宰相の君の声は淡々となき子の耳に響いた。

彼女の出生《しゅっしょう》は摂政《せっしょう》家、由緒正しい藤原家の本流、定子と同じ北家《ほっけ》である。北家は数多くの姫を主上に嫁《とつ》がせ、外戚《がいせき》関係を築き上げてきた。その血脈を守るため、他の家から嫁いできた姫たちを、蹴落《けお》としてきた。北家の姫である定子に仕えながらも、彼女は自身の中を流れる血に辟易《へきえき》していた。

「わたくしは何があろうともお方様をお守りします。あなたもそのつもりでいなさい」

宰相の君の言葉に頷《うなず》きながらも、自分がそれを実行できるか、なき子には判らなかった。

ほかの女房たちも名家の出生で、皆賢く美しい。そして主である定子を慕《した》っていた。卑屈になることはない、と判っていながら、自分はここで何ができるのだろう、となき子は思う。上臈女房である宰相の君が女たちのとりまとめを行っていた。話をした感じでは相当頭の良い女だった。夜物の位置も、控える方《かた》も、定子の母屋に一番近い。

同じ房であり、その段差は僅か爪先程度のものなのに、孫庇の端と庇の母屋傍《そば》は遥か遠くに思えた。出仕してわずか二日目、そして昨日は定子と直《じか》に話をして手まで握ってもらえたのに、なき子の心は重かった。

昼になってから、定子は母屋を隔てる簾をあげ、なき子が贈った漢詩集を開いて美しい声で読み上げ始めた。

「日高く睡足《ねむりた》りて猶起《なおお》くるに慵《ものう》し　小閣衾《しょうかくきん》を重ねて寒《かん》を怕《おそ》れず」

文台に載せられた写本を、宰相の君が捲る音が幽《かす》かになき子のいる末端まで響いてくる。

僅かに大人には足らぬ少女の甘い声が詠《よ》む漢詩はたどたどしかったが、不思議と心地良い響きだった。女房たちはうっとりとその声に聞き入る。

「遺愛寺《いあいじ》の鐘《かね》は枕を敧《そばだ》てて聴き　香爐峯《こうろほう》の雪は簾を撥《かか》げて看《み》る」

途中まで読み上げた定子は、ふと声を止める。女房たちもひととき息を止め定子を注視する。

「ねえ、なき子」

その中で呼ばれた名前が自身のものだったことに、なき子は驚いた。

「はい」

「香爐峯の雪とは、どのようなものかしら」

定子の言葉と共に、女たちは一斉になき子を見遣《みや》る。

試されているのだ、と判った。ここで何か鈍くさい返答をすればきっと自分はここにいられなくなる。

頭の中に、その景色は思い描けていた。けれどそれを口で説明するのは困難であった。そしておそらくこれは謎掛けだ。なき子は許可を取って立ち上がり、簾の外へ出る。そして控えていた雑色に声をかけ、格子戸を上げさせた。今朝方上げた半蔀からは庭は見えない。だが格子戸を全開にすると、まるで雪をかぶった山、まだ雪払いされていない庭が遠い景色のように見える。

簾の中へ戻り、なき子は女たちの痛いほどの視線を受けながら、定子の正面の簾をくるくると巻き上げ鉤《こ》にひっかけた。一面の雪景色がきらきらと光を受け、輝く。

「……このようなものでございましょう」

なき子の言葉に、定子は頬を綻ばせた。ほかの女たちも一様に嘆息する。

「素晴らしいわね、なき子」

「勿体《もったい》のうございます」

合っていた。主の思惑とその答えが同じく雪見であったことになき子は心弛《ゆる》ばせ、頭を垂れた。

「でもね、わたくし、おまえの名前があまり好きではないわ。なき子なんて、悲しい名前。今日からおまえの名は少納言よ。昨日考えていたの。清原の少納言。良いわね？」

拒否する術はないし、主に呼び名を与えられるのは名誉なことだ。

「ありがとうございます」

なき子は再び深々と額突き、その名前を胸に刻んだ。

＊

なき子が清少納言《せいしょうなごん》と呼ばれるようになって時を置かず、京は正月を迎えた。

今まで門扉《もんぴ》に閉ざされて見ることの叶《かな》わなかった、自分にはとうてい縁のなかった正月行事を間近に見たなき子は、その豪華さ、荘厳《そうごん》さに陶然《とうぜん》とした。

また、三が日を過ぎれば宮中の男女の品定めを行う日が来る。普段よりも大勢の殿上人たちが禁裏《きんり》に集《つど》い、うたかたの恋の相手を見つけようと御簾《みす》の中を窺《うかが》おうとする。定子は決して姿を見せなかったが、いつもなら不人気の孫庇は庭に一番近いため、女房たちは通る男たちの目に留《と》まろうと、揃《そろ》って華やかな装束の裾《すそ》を御簾の下からのぞかせた。

「あの殿方はどこの誰かしら？　蘇芳《すおう》の袍《ほう》を召された」

「あなた趣味悪いわ。あの右の方、ほら、梅の枝を持っていらっしゃるほうが素敵だわ」

「趣味悪いとは失礼ね。あんなの、おじさんじゃないの」

屋根に並ぶすずめのように鈴なりになった女たちが、口々に華やいだ声を上げる。

「少納言、あなたはどちらが良いと思いまして？」

「わたくしは梅の殿方のほうが良いですわ」

「いやだ、どうして？」

「わたくしがおばさんですから。若い殿方には相手にしていただけませんもの」

なき子の返答に、その場にいた女たちが皆声を上げて笑った。

後宮での生活もだいぶ慣れてきていた。若い女房たちは、あの雪の日、清少納言という名を賜った日になき子を同じ房に勤める者として受け入れた。これはほかの女の話を聞けば例のない早さだという。だいたい、新たな女は苛《いじ》められる。無理難題を突きつけられ、それでも耐えてひと月くらい経ったころに、やっと認められるのだという。

その話を聞いたとき、なき子は心底定子に感謝した。

晦日《みそか》から常寧殿《じょうねいでん》に詰め、五節《ごせち》の舞姫《まいひめ》の務めを無事終えた定子は四日の早朝に、上臈女房や女童《めのわらわ》たちと共に登華殿へ戻った。女たちが定子の衣装の召し替えをし、髪を梳《す》いたあと、なき子ひとりが母屋に呼ばれた。

「少納言、おまえ、わたくしのところを離れてはだめよ」

疲弊《ひへい》した表情の主から突如《とつじょ》言われたことに、いささかなき子は面食らった。

「離れはいたしませぬが、どうかなさったのですか？」

「今日の宴に、権大納言《ごんだいなごん》の姫の車が来ていたの。才のある女を探しているのですって」

権大納言は定子の叔父、藤原道長《ふじわらのみちなが》のことである。娘はたしかまだ十にもなっていなかったはずだ。なき子には男の政治のことは判らない。けれど、漠然《ばくぜん》とした不安が心をよぎった。

「それは、いずれは入内なされることを見越して？」

「そうでしょうね」

とうとう、ほかの女が。

そんな登華殿に仕える定子の女房たちの悔しげな声が聞こえてきそうだった。まだ年若い主上に男女の務めが判っているのかどうなのかなき子には想像もつかぬが、ほぼ毎晩、定子は夜御殿へ召されるかそうでないときは主上自らが登華殿を訪《おとな》う。

「わたくしはおまえも、宰相も手放すつもりはありませんから。おまえが登華殿を出たら、わたくしはおまえを呪《のろ》うわよ」

「ご安心くださいませ、わたくしはどこへも参りませぬ。だいいちわたくしのような年増が、そのようにお若い姫様にお仕えはできないでしょう」

「卑屈にならなくても良いのに。年のわりに可愛らしいわよ、少納言は」

「いいえ、そういう意味ではなく、わたくしのほうが子供の相手などまっぴらだということでございます」

なき子の意地悪な言葉に、定子は笑った。

「本当に悪い年増だこと」

「でも、お方様は可愛いとおっしゃってくださった」

「取り消すわ」

定子を始めとして、ここに住まう女たちは皆ほどほどに意地悪で可愛らしかった。特に主上の身辺の世話をする内侍の女官たちは、伝統的に主上のお手つきになったりするため、妃に仕える女房たちは、内侍の女に対しては容赦《ようしゃ》なかった。装束の色あわせがおかしいだの、歩き方に品がないだの、渡廊を歩く彼女たちを見ては散々に言っている。

「なにもお方様が気に病む必要はございませぬ。こちらには宰相の君もいらっしゃいます。お方様を慕う女たちもそれはもうたくさん」

「そうよね」

田舎で少女時代を送ったなき子は、年増になるまであまり多くの悪意を見てこなかった。しかし出仕してからは、よくもまあこんなに女は意地悪になれると寒心《かんしん》するほどの悪意を見てきた。それは心地良くもあり、自身の中にもそんな感情があったのだと気づかされる。だんだんと慣れてゆく。

端的に言えば、なき子は宮仕えが肌に合った。初日にあれほど迷い硬くなっていたのが今は嘘のように思える。きっと主が定子でなければこんなふうには思わなかっただろう。

定子は、なき子の持つすべての知識を与えるよう求めた。だから、なき子はそのすべてを与えようとしていた。

女は歌さえ上手《うま》ければそれで良いという時代は終わろうとしている。男と同様の知識を持ち、ときには男たちと論議をすることのできる妃が求められていた。思えばその風潮を作ったのは藤原北家である。主上の外戚として閣《かく》の上位を独占する男たちが、主上を意のままに爪繰《つまぐ》るためにはまず賢い妃からと考えたからだ。

道長の娘が入内するのだとしたら、定子が寵を享《う》け続けるためにはその娘以上に賢くあることが求められる。同じ血筋、祖父母を同じくする従姉妹《いとこ》ながらも争わねばならない娘たちが、なき子には若干《じゃっかん》哀れに思えたものの、心の内には主の勝ちえる術を考えつづけていた。

やがて深く積もった雪が融け、花が咲き、京《みやこ》には鶯《うぐいす》の声が響く。

衣更《ころもが》えを済ませた初夏、新緑の美しい賀茂祭《かものまつり》の時期が迫っていた。祭りのときは大手を振って内裏の外で見物ができるため、女たちは揃って浮き足立った。

内裏で主上に挨拶《あいさつ》を済ませた斎院《いつきのみや》を乗せる輿《こし》が、賀茂川《かもがわ》の禊《みそぎ》を経て上下賀茂《かみしもがも》神社へ向かう一《いち》条大路《じょうおおじ》には、場所取りが十日ほど前から始まっていた。定子ら皇族には桟敷《さじき》席が用意される。混雑した一条大路の一番良いところに座して祭りを見物できるのは大変結構なことなのだが、女は宮中と同じく、御簾越しにしか見られない。

「で、これなのだけど」

定子の手にある衣《ころも》を見て、なき子はしばし言葉を失った。

「……どこから手に入れたのですか」

「それは、どこでもいいではないの」

悪戯《いたずら》っぽく笑って定子は衣を一着、なき子に押しつけた。およそ定子が身につけたこともないであろう、みすぼらしい野良着《のらぎ》だった。隣にいる宰相の君も、押しつけられた野良着を不愉快そうに見ている。

「誰かにわたくしのことを訊《き》かれたら、気分が悪くなったので帰ったと言ってちょうだいね。

どうせ牛飼童《うしかいわらわ》たちだって祭りに夢中になるのだし、気づかないと思うけれど」

そう言われたほかの女房たちは、力強く頷く。彼女らは囮《おとり》として桟敷に残る算段だった。

「お方様の御身《おんみ》に何かあったらどうするのです」

宰相の君は眉間に皺を寄せて定子を諫《いさ》めた。

「何かないためにおまえたちも一緒に変装して行くのよ」

どうしても間近で祭りを観たい、というのが定子の望みだった。渋る宰相の君とは反対に、なき子は不謹慎ながら心を躍らせた。

賀茂祭の当日、朝早くから後宮を出て定子たちの一行は一条大路に向かった。内裏を出たのは久しぶりだった。

定子の用意した野良着は、おのおの裳唐衣《もからぎぬ》の下に着込んだ。牛車《ぎっしゃ》に揺られながら、同じ車に乗るなき子と宰相の君に、定子は今一度手はずを確認する。

「わたくしが、まず気分が悪いと言って桟敷を抜けるから、そのときに宰相は一緒に来てちょうだい。そのあと、なかなか戻って来ないのを心配して少納言、おまえが車まで見に来るのよ。もしそのときまだ車の周りに牛飼いたちがいたら、祭りを見物しておいでと言って、その場からいなくならせて。いいわね？」

「はい」

女房ふたりは対照的な声で返答した。

「今日のわたくしたちは農民の姉妹よ。ああでも、少納言はわたくしのお母様の役でもいいわね」

「それならば、化粧を落としてくれれば良うございました」

その言葉に、渋い顔をしていた宰相の君がやっと笑った。

半刻ばかりかけて、車は用意された桟敷へ着く。祭りよりも華やかなのではないかと思うような、派手な装束の貴族たちがすでに大勢集い、宴《うたげ》を始めている。後続の女房たちと目配せを交わし、定子たちの一行はぞろぞろと中に入った。

思惑《おもわく》はうまくいった。牛飼いたちがいなくなったのを見計らって三人は裳唐衣をすべて車中に脱ぎ、人の目がないことを確認して素早く外へ出た。

なんと身の軽いこと。重い女房装束を脱いだら、何もかもが羽根のように軽い。定子を真ん中にして三人で手をつなぎ、ごった返す人ごみの中で祭りがよく見えるところを探した。

「絶対に手を離さないでね」

人々の熱気に気圧《けお》されたのか、言い出した定子は弱々しく言って両の手を握りなおした。

「離しませんとも」

弱気な定子が愛しく思え、なき子も手を握りなおした。

三姉妹はうろうろと場所を探し回り、なんとか前のほうに分け入ることができた。晴れ渡る天の下、額にうっすらと汗が滲む。扇を置いてきてしまったので涼むこともできない。躊躇《ためら》いながらも定子は地べたに直に座り込み、姉ふたりもそれに倣《なら》った。不安げな顔をしていた定子は、やがて葵鬘《あおいかずら》を冠に飾った先頭の騎馬二騎が見えてくると、ぱっと顔を輝かせた。

宮中の行事で見慣れているはずの男たちの正装が、祭りだと何故《なぜ》だか非日常で凛々しく見える。つづいて色とりどりの束帯姿《そくたいすがた》の公卿たちが連なる。厳《おごそ》かに歩を進める勅使《ちょくし》の男たちを見ながら、宰相の君が思わずといった態《てい》で言葉を漏らした。

「綺麗ねえ」

驚いて、定子もなき子も彼女の顔を見つめた。

「おまえが殿方を見てそんなこと言うなんて」

恍然と行列を見遣っていた宰相の君は、はっとして主の言葉を否定する。

「空が、でございます、空が」

「……たしかに、空も綺麗」

定子は空を見上げ、目を細めた。横顔の優美なさまは、着ているものが質素なだけに一層映える。

近衛使《このえし》、検非違使《けびいし》の官吏《かんり》ら男たちの連なる本列が終わったあとは、女列だった。その列が過ぎる間だけ、三人の様子は登華殿の中と同じになった。どの女が美しいとか、醜いとか、そんな話題ばかりの不謹慎な様子に、周りの者たちからじろじろと見られた。

斎院代《いつきのみこだい》の輿はだいぶあとから見えてきた。

この賀茂祭の斎院は伊勢神宮へ仕える斎宮と同じような役割をする皇女であった。斎宮が護国のための巫女《みこ》だとすると、斎院は京を護るための巫女である。なき子や宰相の君が定子に仕えるように、斎院は選ばれて僕《しもべ》として賀茂の神に仕えるのである。

「斎院様はどちらの？」

「主上の叔母君《おばぎみ》であらせられる選子様《せんしさま》」

かつて薬子《くすこ》の変に勝利した嵯峨《さが》天皇が、勝利祈願の謝儀《しゃぎ》にその娘を巫女として差し出したことが斎院の起源だが、若くして即位した天皇には娘の内親王がいない事態もある。この場合、先代の内親王から選ばれる例《ためし》がある。定子と主上との間にはまだ子はない。おふたりの間にせめて娘でも生まれてくれれば、と思いながらなき子は再び列に目を戻した。

八人がかりで担《かつ》がれる豪奢な黒い輿には目の詰まった御簾が下ろされており、顔を見ることはできない。しかしその輿のうしろには、神の使いかと思うほど可愛らしい女童たちが何十人も連なり、危なっかしい足取りで輿を追っていた。召し物の色もそれぞれ四季の花がいっぺんに咲いたような華やかさで、強張っていた定子の表情は、再び柔和《にゅうわ》になる。

「綺麗ねえ」

「はい、本当に」

定子は口を半開きにして、女童たちに見入る。ふとなき子は、橘邸に置いてきた自らの子供たちのことを思い出した。元気でやっているだろうか、としんみりしかけたとき、再び定子が言葉を発する。

「わたくしは、綺麗なものが好き。綺麗なものだけあれば良いわ。醜いものは見たくないの」

何を言わんとしているのか、なき子には判らなかったが宰相の君には判ったらしく、寂しげな顔をしてその言葉に頷いた。

このうえなく雅《みやび》な行列はゆっくりと京《みやこ》を抜け、やや北東の神社のほうへと消えていった。社頭《しやとう》の儀では舞や流鏑馬《やぶさめ》の奉納《ほうのう》があるが、それらは神社内で行われるために見及べない。定子は名残惜しそうに最後の騎馬の消えていったほうを見ていた。

「戻りましょう、早く戻らないと騒ぎになります」

立ち上がった宰相の君が、定子の手を取る。周りの見物客たちはそのまま宴会を開きそうな勢いで赤い顔をして笑っている。自分の父も酒を好んだ、となき子は年寄りの男たちが酒の入った瓶子《へいし》を手に楽しげに笑っているのを見て懐かしく思った。

「少納言、あなたも早く」

宰相の君の厳しい声に我に返り、慌ててなき子はふたりのあとを追った。

果たして、騒ぎにはなってしまっていた。

「誰がこんな馬鹿げたことを提案したのだ」

夜になってから定子の父、関白《かんぱく》である藤原道隆《みちたか》が、わざわざ殿舎まで娘を叱《しか》りに来た。祭りのときのままの黒い束帯姿で、相当余裕がなかったものと思われる。定子や女房が桟敷からいなくなったという、そして実は農民の格好をして外で祭りを見物していたという、あまり名誉でない話は、彼の耳にまで届いてしまっていた。

叱られる定子のうしろで、祭りに同行した女房たちは縮《ちぢ》こまって控える。

「わたくしですわ、お父様」

「え？」

「わたくしが外で祭りを見たいと無理を言ったのです。どうかこの者たちはお許しくださいませ」

道隆はその慮外《りよがい》な返答に、怒りのぶつけどころを失い、口を開けたまま拳《こぶし》を震わせていた。

頭を垂れつつ、なき子は関白の姿を盗み見る。まだ酒の抜けていない赤ら顔は黒ぐろとした髭《ひげ》と怒気に覆われ、娘にはあまり似ていない。それにしても怒りすぎだろう。素晴らしい血筋に生まれ、この朝廷で何もかもを手にしてきた男でも、落ち着きを保てないときがあるのだな、とやや愉快に思った。

「宰相」

道隆は忌々《いまいま》しげな声で、女房を呼んだ。はい、と女の声が上がる。

「そなたがついていながら、何故《なぜ》止めなかった」

申し訳ございませぬ。宰相の君の謝罪は澱《よど》みなく、つられてなき子もより深く頭を垂れた。

「それから、そこの、清原の」

まさか自身が呼ばれると思っていなかったので、肝が縮む。

「そなたも、年増のくせに何を子供みたいな真似《まね》をしているのだ、控えろ」

そして、そなたの父親は風流を解する立派な歌人だったというのに、という言葉がつづいた。

年増と呼ばれたことは悔しかったが、父への賛辞《さんじ》で相殺《そうさい》され、なき子の心の中は卑屈になるほどは落ちなかった。

道隆の叱言《しつげん》から解放され、足音が遠くへ消えたあと、女たちは一気に溜息《ためいき》を漏らした。そしてそこかしこから笑い声が聞こえてきた。

「楽しゅうございましたわね」

「ああ、わたくしも一緒に行きたかったわ」

「でも、関白様のお言付《いいつけ》はもうごめんよ」

定子はぐったりと、脇息《きょうそく》に額をつけて長い息を吐く。否、吐こうとしたのだが、その暇《ひま》もなく次なる来訪者が登華殿を訪れた。

殿舎に入ってきたのは、定子の同母の兄、権大納言である藤原伊周《これちか》だった。

「お兄様、やっぱりお父様に知られずにおくのは無理でしたわ」

うんざりした顔で兄を出迎える妹を見て、伊周は笑った。

「相変わらず父君のお小言は長いだろう」

　そのやりとりに、女房たちは目を丸くする。

「来年はもっとうまくやりますわ。農民の衣装がいけなかったのかしら、水干《すいかん》とか、もっと地味で目立たないもののほうが良いのかもしれませんわね」

　なき子は初めて間近に伊周の顔を見た。父親にはやはり似ていない。思わずその顔に惚れ惚れする。

　定子の美しさを考えれば当然のことながら、伊周も細面にすっきりとした目鼻立ちの秀麗な男だった。たしか定子とは三つほどの年の開きがある。

「あのう、この思いつきは、権大納言様のものでしたの？」

　宰相の君がこわごわと尋ねると、伊周は笑いながら頷いた。

「中宮様が、だいぶ前から祭りを外で見たいとおっしゃっていたからね。もし次の祭りの時期に御身持《おみも》ちとなっていたら叶わぬことだろう。だから今年、やらせてみたのだよ」

「衣装も、お兄様が用意してくださったのよ」

　そうだったのか。定子の得意げな言葉に女たちは一様に頷き、優しく美しい「お兄様」に見惚れた。

　この兄妹は宮中でも仲の良いことで知られている。定子が中宮の座に就いたことでさまたげなく立身したため、男たちの間ではやっかみに近い噂話《うわさばなし》が流れているそうだが、伊周はそんなものを撥《は》ねつけるような、堂々とした立ち振る舞いをしていた。

「……そなたが、清原の少納言だね？」

またもや名前を呼ばれ、なき子は慌てて頷き、居ずまいを正した。

「中宮様はわがままだから、勤めは大変だろうけど、どうかこのままここに居ておくれ。中宮様からの文にはいつもそなたのことが書いてあるのだよ」

「お兄様！」

頬を赤くして定子は兄に抗議した。なき子は予想外の言葉に嬉しさがこみ上げてくる。

「勿論《もちろん》でございます、わたくしは生涯、お方様にお仕えいたします。ご安慮《あんりょ》くださいませ」

伊周はその言葉を聞くと嬉しそうに頷き、懐から二冊の草子を取り出した。美しい朱の唐紙が表になっている、豪華なものだ。

「中宮様、少納言、これになんでも好きなものを書き留めると良い。私はそなたらの生活を知らない。けれど知りたいと思っている。書いたらときどき私に見せておくれ」

そう言って、彼はなき子と定子に一冊ずつ草子を渡す。

「お兄様、内情を把握して手軽な女を探そうとしても無駄ですわよ。登華殿の女房たちは主に似て軽々しくありませんの」

「そんなつもりはないよ。私はただそなたらの暮らしようを知りたいだけだ」

妹の戒《いまし》めの言葉に、少し傷ついた顔をして伊周は反論する。

なき子は宰相の君のぶんがないことにひやりとしたが、そんな思いを酌《く》んだかのように、伊周が言った。

「宰相の君は歌も文も祐筆《ゆうひつ》だが、きっと中宮様を良く思わせようと、嘘を綴《つづ》るからね。もしくは、実家の悪口ばかりを書くだろうからね」

「まあひどい」

宰相の君はそれほど気分を害した様子はなくころころと笑い、言った。

「少納言、あなたが書いたら、わたくしにも見せてちょうだいね」

「宰相の君は厳しいよ。私が中宮様に宛てた文さえ添削《てんさく》して返す女だからね。覚悟しておきなさい、少納言」

その言葉に若干背筋が冷えたが、それよりも美しい人からもらった美しい草子に何をしたためようか、そちらのほうが楽しみだった。

深夜になっても、昼間の興奮から寝つかれないらしい定子の傍に、なき子は侍っていた。

「お兄様はね、とても優しいの。でも、だから、可哀想なのよ」

壁代《かべしろ》にゆらゆらと炎の揺れる橙《だいだい》色の闇の中で枕に載せた頭を傾《かし》げ、定子は小さな声で言った。

「それは、何故《なにゆえ》にございますか？」

「お父様はとても立派な方よ。わたくしはお父様が好きだったし、お兄様だってそうだった。お兄様を立派な跡継ぎに育てようとしてお父様は躍起《やっき》だったわ。いずれは摂政か関白か。でも、父親と同じ道を歩むことが、果たして子供にとって幸せなのかしら？」

「…………」

聞けば道隆には、身分の低い女との間に伊周よりも先に、今は山井殿と呼ばれている道頼《みちより》という子があったという。伊周と道頼は幼少、母の気も知らずにとても仲良く育った。しかしながらそのうち道隆は伊周ばかりを可愛がるようになり、道頼は祖父に引き取られていった。元服を迎える前にふたりは親の都合で決裂し、今は口もきいていない。同じように美しく育った男ふたりは今は宮中で出会っても顔を背《そむ》けるほど敵対しているという。

昼間に定子の口から出た「綺麗なものだけあれば良い」という言葉を、なき子はその話に垣《かい》間《ま》見た。中途半端《ちゅうとはんぱ》な貴族の娘が必ず憧《あこが》れる朱雀門の内側。その中にあるのは綺麗なものだけではない。むしろ皮一枚剝《は》いだら醜いものだらけだ。

なき子はしんとした曹司の中、胸を締めつけられる。兄ふたりの確執《かくしつ》、父と祖父の確執を間近に見てきた定子が、綺麗なものに癒しを求めるのは当然のことだ。なき子は恐る恐る定子の手を取り、言った。

「お方様、綺麗なものを集めましょう。大納言様からいただいた草子には、わたくしが、お方様の好きなものをたくさんしたためます」

「まあ、素敵」

「お方様のお好きな、綺麗なものはなんですか？」

なき子の問いにしばらく考えたのち、定子は答えた。

「春が好きよ」

「春？」

「ええ。春の、空の明るくなる前が好きよ」

「夏は？」

「夏も好きよ」

「秋は？」

「秋も好き」

「冬は？」

「冬は……朝が好き。雪の降った朝が……好き」

だんだんと声が小さくなってゆき、やがて寝息が聞こえ始めた。

なき子はそっと枕の傍を離れ、悪いと思いながらも几帳越しにある定子の文机《ふづくえ》を借りることにした。墨を磨《す》り、細筆を浸す。朱色の草子を開き、定子の声色《こわいろ》を思い出しながら、はじめの一文を書き記した。

――春はあけぼの。やうやうしろくなりゆく山ぎは、少しあかりて、紫だちたる雲の細くたなびきたる……

＊

あれから書き始めたとりとめもない草子は三百を超えた。

なき子は纏《まと》めなければならない荷の小山からふと手に取った草子を開き、驚く。それは偶然、あの賀茂祭のことを綴ったものだったのだ。女童の衣の美しかったこと、輿の重そうだったこと、騎馬の男たちの凜々しかったこと、そして眩暈《めまい》がするほど日差しが強くて暑かったこと。

多くの言葉を綴りつづけた。さまざまな女が読ませてくれと請《こ》うてきた。けれどこの逸話を書いたものだけは、定子と宰相の君にしか見せなかった。二人とも写本はせず、なき子の隣で読んで懐かしみ、笑っただけだった。

「あら、懐かしいこと」

何気なく文字を追っていると、上から声が降ってきた。宰相の君だった。彼女はなき子の横に腰を下ろし、あのときと同じように覗《のぞ》き込み、寂しげに笑う。

「もう一度、やりたかったわねえ」

きっと宰相の君も、なき子と同じ風景を頭の中に描いているだろう。地下の民に混じって祭りに嬌声《きょうせい》を上げたあの初夏の一日。思えば定子が幸せなただひとりの妃でいられたのは、あの年が最後だった。

「少納言、この段はどうするの？　誰にも見せてないのでしょう？」

宰相の君の問いに、なき子は答える。

「この一日は、わたくしたちだけの秘密ですわ」

その言葉に、宰相の君は頷き、穏やかに笑った。

「そうね、わたくしたちだけの宝物ね」

なき子は草子の頁に指をかける。軽く力を籠《こ》め、その一枚を破いた。

金砂《きんさ》の混じった紙からは、ぱらぱらと金色の粉雪が舞った。

二　時司の楼

　それほど年を取っているようにも見えないひとりの男が、突如《とつじょ》道端に倒れ込んだ。辺《あた》りが露《つゆ》草色《くさいろ》に煙《けぶ》る夕刻の朱雀大路《すざくおおじ》、身体《からだ》を震わせて懸命に立ち上がろうとする男を、路《みち》をゆく誰ひとりとして助けようとしない。なき子は物見の隙間《すきま》からその様子を窺い、車を降りて倒れた男を助けなければならないだろうかと逡巡《しゅんじゅん》した。しかし車を止めさせるよりも前に、外から声がかかる。

「女房様《にょうぼう》、物見《ものみ》をお閉めください」

牛飼童《うしかいわらわ》の発語に何事かと問うと、流行《はや》り病《やまい》だという。

「魂離《たまさか》る者と目を合わせてはなりませぬ、こちらにも病が感染《うつ》ると言われています。穢《けが》れを禁《きん》裏《り》に持ち帰るわけにも参りませぬ」

物見越しに、牛飼いたちが揃《そろ》って下を向いたのが判《わか》る。なき子は言われたとおりそっと小窓を閉じた。

宿下《やどさ》がりをした帰りだった。橘《たちばな》邸から母に会いにきた子供たち四人は、なき子の姿を見ておおいに喜んだ。しばらく見ないうちに大きくなった。

「お母様は主上《おかみ》にお仕《つか》えしているのでしょう？」

娘の、憧《あこが》れの滲《にじ》む眼差《まなざ》しに、なき子は首を横に振った。

「主上ではなく、主上のお妃《きさき》様、中宮《ちゆうぐう》様にお仕えしているのよ」

「中宮様！　素敵」

ふたりの娘はその勤《つと》めの詳細を知りたがり、なき子もこまごまとした問いに答えてやった。そして最後に、言った。

「お母様はね、中宮様にお名前をいただいて、今は清少納言《せいしようなごん》と呼ばれているの」

それが、娘たちの顔を曇《くも》らせた。名誉なことだと思って少し自慢げに響いてしまったのかもしれない。娘たちは他人を見るような目で母親を見た。

たしかに一年以上も会わないでおいて、違う呼び名で呼ばれていると言えば、子供たちは不安にもなろう。迂闊《うかつ》だった、と後悔している最中の、不吉な出来事であった。

「女房様、登華殿《とうかでん》に戻られる前に、念のため身をお清めください。宮中に病を持ち帰るわけに参りませぬゆえ」

牛飼童の念押しに、なき子は黙ったまま頷《うなず》いた。

＊

なき子が中宮定子《ていし》のもとに出仕《しゅつし》して一年半が経っていた。二度目の正月行事を終え、暦はすでに春。昨年関白に大目玉を食らったため、今年の賀茂祭《かものまつり》は桟敷《さじき》席の奥のほうで過ごさざるを得ないのだが、その代わりに定子の兄の伊周《これちか》が、野遊びを催してくれた。簡素なものだが、桟敷も作られている。

簡易な歌会、そして女童《めのわらわ》たちの舞が行われ、祭りを直《じか》に見られないであろうことに燻《くすぶ》っていた定子の顔はだいぶ晴れた。

日差しの痛いほど眩《まぶ》しい春の野は、それでも日が翳《かげ》れば少しは涼しい。虫の羽音を聞きつつ柔かな夕風に頬《ほお》を撫《な》でられながら目を閉じていたなき子は、男の声で名前を呼ばれ、目を開けた。

「これで祭りを見られない中宮様の気も晴れたかな」

声の主はこの遊びを主催した伊周だった。昨年よりも頬がこけて痩《や》せている。しかしそれが一層面立ちを端正に見せていた。彼の視線を辿《たど》ると、黄金《こがね》色に染まってきた野の中で、宰相《さいしょう》の君《きみ》と一緒になって可愛らしい女童たちを構《かま》っている定子の姿がある。走り回る黒い犬の鳴き声がこちらまで響いてきて、五月蝿《うるさ》いほどだった。

「それはもう、お喜びでしょう」

なき子は心洗われる光景に目を細め、答えた。叶《かな》わぬことだが、自分の娘たちも連れてきてやれれば、と思う。

しんみりとした沈黙は、すぐに破られた。

「お兄様、御覧になって、変な虫！」

「うわっ」

まるで歳月を若干《じゃっかん》戻した定子、と思うような顔立ちの少女が、丸々とした芋虫を裏山吹《うらやまぶき》の覗《のぞ》く袖口《そでぐち》に乗せてやってきた。驚いた伊周は、その端正な面《おもて》からは想像もできない情けない声を上げて飛び退《の》く。

「桐壺《きりつぼ》の君、いけません、その虫は毒を持ってますよ、早くお捨てになって」

本当は毒などないのだが、怯《おび》える伊周が可哀想になって、なき子は忠告した。悲鳴を上げ、少女は慌《あわ》てて虫を払い落とす。

「少納言は本当に物知りね。わたくしのところにも少納言のような女房が来ればいいのに」

袖口に染《し》みなど残っていないか念入りに確認しながら、少女は言った。

「お方様《かたさま》にお尋《たず》ねになってみてくださいませ」

「お姉様は自分のものは絶対に手放さないのよ。何もかも持っているくせに」

拗《す》ねて遠くの姉の姿を見遣《みや》る少女は、定子の同胞《はらから》の妹、藤原原子《ふじわらのげんし》という。

この正月に春宮后《はるのみやのきさき》として入内《じゅだい》し、今は桐壺に局《つぼね》を構える。常寧殿《じょうねいでん》を挟《はさ》んで定子の住まう登華殿とは東西に離れているため、両者の行き来はないが、入内したときに一度だけ原子は定子のところを訪れた。訪れた原子の感想は「古い、狭い」だった。たしかに、桐壺のほうが建物は新しいし広い。女房たちのための房《へや》もある。このとき一緒に、関白、道隆《みちたか》の夫妻も参内《さんだい》していたのだが、原子はふたりの親にその言動をたしなめられていた。

少女らしい原子を、なき子はとても好ましく思った。そもそも道隆の子供たちは皆、快活で良い。打てば響く。原子は定子を少しおてんばにした感じ。伊周が女だったらきっと定子と原子を半分ずつ混ぜたような姫になるだろう。

日がいよいよ翳ってきた。あたりには赤朽葉《あかくちば》の夕靄《ゆうもや》が漂いはじめる。

「そろそろ帰ろうか。桐壺の君、中宮様を呼んできておくれ。もう変な虫を捕《つか》まえるんじゃないよ」

「それなら、今度わたくしのために綺麗《きれい》な黒猫を捕まえてくださいな、お兄様」

原子は壺装束《つぼしようぞく》の袖を蝶々《ちようちよう》のように翻《ひるがえ》し、妃にあるまじき軽やかな足取りで駆けてゆく。

「お姉様ー、翁丸《おきなまる》ー」

翁丸と呼ばれた黒い犬は尻尾《しっぽ》を振って原子のほうへ飛び込んでゆく。

「そのように走ってはいけません、桐壺の君！」
伊周の慌てた声と、追い駆けようと草を分ける足音が女たちの笑い声に掻《か》き消される。
この穏やかな光景がいつまでもつづけばいい、となき子は切に願った。

願うことがすべて叶うわけでないのは、もう三十年も生きているので知っている。神仏が望みをすべて聞き入れてくれるわけでないことも、子供でないので判っている。けれど、欠片《かけら》ほどでもいいから聞き入れてほしかった、となき子はその知らせを聞いたときに思った。

なき子が我が子と同じくらい愛しく思う、定子やその兄妹。彼らの父、道隆が病に倒れた。野遊びに行った日から、僅《わず》か二日後のことであった。

年が明けてよりこちら、京には流行り病が蔓延《まんえん》している。なき子のほかにも、宿下がりをした女たちが次々と一日ほどの物忌《ものい》みを強《し》いられていた。頻繁《ひんぱん》に市《いち》へゆく女官たちの話によれば、赤斑瘡《せきはんそう》と呼ばれるひどい疱瘡《ほうそう》のような病だという。

陰陽寮《おんみようりよう》からは二条邸《にじようてい》に数人の陰陽師《おんみようじ》が遣《つか》わされ、加持祈禱《かじきとう》を行っていたが、道隆の容態《ようだい》が快復したという知らせは、登華殿には届かなかった。数日前に一緒に遊びに行ったばかりの原子は、ひとりでいるのが心細いといって女房数人を連れて姉のところに入《い》り浸《びた》った。

「春宮様のところへお戻りにならなくてよろしいのですか、桐壺の君」

庭が濃い色に濡れていた。さーさーという耳鳴りのような雨音の中、御簾《みす》の向こうで、宰相の君の戒《いまし》める声が聞こえる。ただでさえ狭い登華殿は、原子の連れてきた女たちもひしめき、更《さら》に人だらけになっていた。

「だって、怖いのだもの。寝ているとお父様の生霊《いきすだま》が現れそうなの」

原子が弱々しい声で答える。そのうちなき子が原子に呼ばれ、母屋《もや》へ上がった。

「少納言、おまえはもうお父様がいないのよね」

いつもは気丈《きじょう》な定子も憔悴《しょうすい》した顔で妹の手を取っていた。寄り添う美しい姉妹に尋《たず》ねられ、なき子は頷いた。

「怖かった？　どんな気持ちだった？」

「関白様はお亡くなりになどなりませぬでしょう、こんなに可愛い姫たちを残して」

「気休めはやめて。わたくしたちだって信じているわ。でも実際お父様はご危篤《きとく》なのよ」

「…………」

なき子は困り果て、宰相の君の顔を仰《あお》ぎ見た。彼女は溜息《ためいき》をひとつつき、定子の前に進み出てふたりの手を握った。

「お方様、関白様が万が一御逝去《ごせいきょ》あそばされたとしても、怖いのは死霊《しにすだま》ではなく生きている者でございますわ」

ああ、言ってしまった。なき子は宰相の君の言葉にそっと目を伏せる。美しい姉妹も宰相の君の言葉に押し黙り、お互いの顔を見つめた。

ふたりともその事実は承知であろう。定子が身辺の世話を女官に任せずすべて自分の連れてきた女房にやらせていたのを、原子も倣《なら》った。その行いは後宮《こうきゅう》の中に、自身の身内以外に信じられるものがないことを表《あらわ》している。

恐れて泣いている場合ではないと、宰相の君は説《と》く。

早く主上の子を生《な》せ。

できれば男の子を生せ。

道隆の関白在位中に立太子《りったいし》させれば中宮の座にゆらぎはない。

彼女の言葉はいちいちすべてが事実であった。それが事実であるからこそ、まこと残酷であるとなき子は思う。柔かそうな唇を噛《か》んで、姉妹は俯《うつむ》いていた。

母屋を下がるとき、宰相の君はなき子に耳打ちした。

「わたくしだけを悪者にしないでちょうだい。そなたはお方様に甘すぎるのよ」

「……申し訳ございませぬ」

「気持ちは……判らないでもないけれど」

女房頭を務める宰相の君は、定子に仕えるすべての女房の出自を把握している。なき子が父亡きあとに後ろ盾《うしだて》を失い、家が没落したこと、夫と離縁したこと、生きるに困って出仕したこと。

まさか中宮の地位まで得た女が、後見の喪失により淪落《りんらく》するとは考えがたい。しかし万が一の事態もある。皇子《みこ》という寄る方《よるべ》が今、ここにあれば、定子が胸を拉《ひし》がせることもなかったであろうに。

その夜、定子のもとに主上の訪《おとな》いがあった。塗籠《ぬりごめ》の中の艶事《つやごと》に、これほど女房たちが耳を欹《そばだ》てた敷闇《しきやみ》はなかっただろう。

どうか、この夜籠《よごもり》に御子《みこ》を宿されますよう。

おそらくすべての女たちが、祈った。

「お父様は、お兄様を次の関白にと主上に奏上《そうじょう》されたそうよ」

翌朝、時司《ときづかさ》の鼓《つづみ》に気づきもせず、昼過ぎに起きてきた定子は泣きはらした顔で宰相の君となき子を呼び、報告した。

「もう、判っていらっしゃるのだわ」

今にも再び涙を滲《にじ》ませそうな主《あるじ》の言葉に、なき子はなんと言えば良いか判らず、曹司《ぞうし》にはただ沈黙と雨の降る音だけが響く。宰相の君は少ししたのち、尋ねた。

「主上はなんと？」

「難しいのですって」

「…………」

宮中は自身の意思の伝わるところではない、ということを、七歳で即位し今まで宮中にあった一条天皇は充分に理解していた。

なき子はまだその姿を間近に見たことはない。しかし遠目でも、一条天皇その人の、ともすれば悲壮すら背負う孤独なさまは見て取れる。親王として生まれていなければやっと元服《げんぷく》を迎える年の美しい少年は、すでにひとり、摂政《せっしょう》として共にあった藤原兼家《かねいえ》の死を経験していた。そののちに道隆が関白に叙《じょ》されるときも、彼の思惑《おもわく》はなかった。周りが決めた。

ただひとり、自身の意思で愛したのが定子だとなき子は聞いている。定子もその愛を疑わなかった。たとえそれが父の立場によるものであったとしても、きっと主上は定子を捨て置くようなことはしないだろう。

定子に仕える女房たちも、宰相の君以外は、そう信じて疑わなかった。

疑いようのないことを疑うとき、五年間、安泰だった登華殿の基底が崩れ始める。

朔日《さくじつ》を跨《また》ぎ、道隆は関白を辞《じ》した。伊周を次の関白に、という自らの位階《いかい》をかけた道隆の再度の奏上も叶えてやることができず、その慚愧《ざんき》かあるいは償《つぐな》いか、主上は定子と原子の里下がりを許した。

宰相の君となき子を含め、僅か数人の女房だけを連れ、定子と原子は二条邸に戻ることになる。煙のような雨の降る大路を数台の車が下る。車の中でも、定子は一言も言葉を発さなかった。

誰に何を言われても動じないように、と主上は里下がりの前日に定子に伝えたという。伊周を関白にできないのは、定子の父を疎《うと》んでいるからではない。疎んでいると讒言《ざんげん》を流布《るふ》するものもおろうが、それを決して鵜呑《うの》みにしてはいけない。建礼門《けんれいもん》の外には、女には判らぬ様々な思惑がある。

主上の言い分は、即《すなわ》ち道隆の息子たちを要職には就《つ》かせられないということだ。いくらそれが定子の兄であっても。

定子の実家である二条邸は京の東西を貫《つらぬ》く二条大路のやや東よりにある。内裏《だいり》からそう離れてはいないのに、沈黙の車の道行《みちゆき》はとてつもなく長く感じられた。

主殿の庇《ひさし》の間《ま》には数十人の僧侶が連なり、祈禱《きとう》を行っていた。高い屋根に老若《ろうにゃく》入り混じった彼らの声明《しょうみょう》が響く。塗籠の奥に帳台が設《しつら》えられており、道隆はその中に臥《ふ》せっていた。

「お父様！」

妻戸を開いたとたんに鼻をつく饐《す》えたにおい。薄まった薫物《たきもの》と体臭の混じったにおいは、なき子の喉を詰まらせた。しかしながら原子は躊躇《ちゅうちょ》もせずその中へ飛び込んでゆく。定子も妹に倣った。

「……お行儀良くなされ」

父親はいつまで経っても父親だと、なき子は男の弱々しい声を聞いて思った。

身体中が浮腫《むく》みきった道隆は、かつて言葉を交わした威圧《いあつ》的な男とは別の人のようになっていた。黄疸《おうだん》が出ている。疱瘡とは違う、これは流行り病ではない。

「お父様、お酒は控えてくださいませとあれほど申し上げたのに」

父を詰《なじ》る定子の声には涙が混じる。

「泣くでない、父はまだ元気だぞ。今年の賀茂祭には一緒に行ける」

気丈にもそう言って、道隆は帳台の上に身体を起こそうとした。控えていた女房が慌てて手を貸し、背を支える。娘たちを見遣る目には濁《にご》った膜《まく》のようなものがかかっていた。

「中宮様が皇子を産むまでは、死ねないからな」

「そうよお父様、わたくしだってまだなのだもの」

原子が口を挟み、そののちに父の顔を見た定子が唇を嚙む。もう彼にはどちらがどちらなのか見えていなかった。

四半刻《しはんこく》ほど寝台の傍《そば》に滞在し、ふたりはもともと彼女らの住んでいた対《たい》の屋《や》に移った。宰相の君、なき子やほかの女たちも従う。

「大納言《だいなごん》伊周様は、道隆様の病中のみ、内覧《ないらん》の職を賜《たまわ》られたそうでございます」

有事の際、一時的にだけ与えられる摂政や関白の座である内覧の職。定子のあとを歩く宰相の君の言葉に、雨音と衣擦《きぬず》れだけが応える。

曹司は定子たちを迎えるために整然としており、至極《しごく》自然な様子で姉妹はそれぞれの褥《しとね》に腰を下ろした。二条邸の女房が去ったあと、定子は用意された菓子にも手をつけず、じっと外の、降りしきる灰色の雨を見つめつづけた。原子の啜《すす》り泣く声が胸を詰まらせる。

「……帰ってこなければ良かった」

長い沈黙ののち、定子の発した言葉はそれだった。

「…………」

「そうしたら、お父様のあんな姿、見ないで済んだのに」

なき子の父の享年《きょうねん》は八十を超え、老衰《ろうすい》に近い大往生《だいおうじょう》だった。しかし道隆はその約半分、四十三歳という、若くもないがそれほど老いてもいない年だ。先刻見た彼の姿は四十三には見えず、さながら六十を超えた老人だった。

何も気の利《き》いたことの言えない女房たちに業《ごう》を煮やし、宰相の君が曹司の隅から将棋《しょうぎ》台を引っ張り出してくる。

「お気を紛《まぎ》らわせたほうが、お方様。祈禱の僧侶があんなに大勢いたのですもの、わたくしたちがあれこれ悩んでも何もなりませんわ」

気の毒になるほど空回りした明るい声は、それでも定子の心を前向きに動かした。気だるげに移動し、台の前に座った定子は女たちを一巡《ひとめぐ》り見回す。

「中納言《ちゅうなごん》、おまえ相手をしなさい。たしか強かったわよね」

「強くはございませんが……」

「わたくしがほかに何も考えられないくらいの勝負をしてちょうだい」

「……かしこまりました」

中納言の君は宰相の君と同じく定子の女房だが、原子の入内したのち、宮中のことを覚えさせるという名目で一時的に原子のところへ滞在させられていた。彼女は戸惑《とまど》いながらも反対側に移動する。皆が息を呑んで見守る中、勝負は始まった。

おそろしく早く王手をかけられ、瞬《また》く間に終わってしまった。

「少しは手加減しなさいよ！」

癇癪《かんしゃく》をおこした定子は中納言の君の額《ひたい》を目掛けて駒《こま》を投げつける。中納言の君は咄嗟《とっさ》に扇《おうぎ》を開き、それを弾《はじ》き返した。

「お姉様、大丈夫よ。わたくしも一度も勝てたことないもの」

「あなたはわたくしにも勝てたことがないでしょう」

「そうでしたかしら？」

中納言の君が原子に場所を譲《ゆず》り、今度は原子と定子の勝負となる。今度は原子が瞬く間に負けた。

「あなたどれだけ弱いのよ、少しは頭をお使いなさいな」

「春宮様には勝てるのに……」

拗ねた原子の声に、やっとその場に笑い声がおきた。図《はか》らずも春宮の弱点を皆が知ってしまうこととなり、将棋台を持ち出してきた宰相の君だけは気まずい顔を見せた。

夜の更《ふ》けたころになっても、なき子は定子の傍に侍《はべ》っていた。少し離れたところでは几帳《きちょう》を隔《へだ》てて宰相の君が寝息をたてている。

「少納言、お兄様にいただいた草子《そうし》は持ってきている？」

定子は小さな声で尋ねた。昨年の賀茂祭のあとに、伊周からもらった草子はすでに埋まり、書くところがなくなったと訴えたら伊周はその都度《つど》新しい草子を贈ってくるようになった。

「持ってきていますよ」

「ねえ、ものすごく嫌なことを考えましょう。お父様のご病気なんか大したことないと思うような嫌なこと」

「それは……相当嫌なことでありませんと」

定子となき子で交互にひとつずつ、嫌なことを出し合うことにする。

「わたくしは、屋敷《やしき》の築地塀《ついじべい》が崩れているのが嫌です」

「……そんなみっともない屋敷があるの？」

「今度内裏をお出になるとき、よく御覧あそばされませ。そんな屋敷だらけですのよ」

わたくしの屋敷もそうでした、と答えると定子は心底驚いた顔を見せた。なき子は笑いながら定子の番だと促《うなが》し、答えを待った。

「そうねえ、わたくしは、犬が鳴くのがイヤ。翁丸がときどき鳴くでしょう。踏み潰したくなるわ。あとは昼寝してるときに入ってくる虫もイヤ。あんなに小さいのだから、羽音もたてなければまだ可愛げがあるのに」

「わたくしも、五月蠅いのは嫌いですわ。あの車輪の外れそうな車に乗っている人たちはなんなのでしょう」

「判るわ！　あれ耳がもげそうになるわよね」

おしゃべりが弾《はず》み、つい声が大きくなってしまったところで宰相の君が起きてきた。

「何をこんな夜中まで……」

「宰相、おまえもなにか嫌なことを教えて。少納言に書き留《と》めてもらうの」

呆《あき》れたように溜息を漏らす宰相の君も主の胸中を慮《おもんぱか》ってか、小声で話に加わった。暗い中でその表情は見えない。しかし彼女も色々と溜め込んでいたものがあったのか、様々な「嫌なもの」が次から次へと出てきた。畳紙《たとうがみ》に書き留めつつ、なき子はこれを草子に書き写すのにどれほど時間がかかるだろうかと不安になった。


長い長い雨がつづいた。雨が上がり雲がまさに晴れようとするそのとき、関白は痛みに苦しみぬいた末、息を引き取った。なき子たちが二条邸へ参ってから五日後、四月十日の早朝のことであった。

事切《ことぎれ》までの連日、なき子たちが見ていないところで定子は泣いていた。そのせいか、道隆の死に立ち会った定子は涙を見せなかった。知らぬ者はあるいは定子が氷の心を持つ女だと思ったかもしれない。蒼白《そうはく》な冷たそうな頬に、ぎゅっと結んだ唇。真っ黒い瞳《ひとみ》は自らの見えぬゆくすえを見つめていた。

自分は強くない、と思う。

この一年と少しで、学を身につけるのとは違う種類の強さを身につけた。けれどその強さなどきっと、定子の足元にも及ばない。

道隆薨去《こうきょ》ののち、関白の位《くらい》には道隆の弟である道兼《みちかね》が就いた。しかしながらこの男は流行り病のため、関白に叙されたことに対して帝に礼を伝える儀である奏慶《そうけい》を行ってから僅か七日で亡くなった。この日も雨が降っていた。

どれだけの濁流《だくりゅう》を、心の中に隠しておられるのですか。

表情も変えず、知らせを聞く定子の横顔を見てなき子は心の中に問う。

その流れを堰《せ》き止めるために、どれだけ強く歯を食いしばっておられるのですか。

二条邸への滞在は長いことつづいた。寄居《ききょ》を始めてしばらく過ぎたころ、夜、寝静まった対の屋の局になき子を呼ぶ男の声が聞こえた。怪訝《けげん》に思って起き上がり、周囲を見遣る。

「……大納言様」

驚いたことに声の主《ぬし》は伊周だった。彼は唇に人差し指をあて、外に出てくるようになき子を誘う。慌てて衣装を調《ととの》え、なき子は音をたてぬように局を出ると妻戸《つまど》を開けて沓《くつ》を履《は》き、庭に下りた。地面はすでに乾いており、ぬかるみに足を取られることもなかった。

「中宮様のご様子はどうだい？」

庭の端、釣殿《つりどの》までゆっくりと歩いていったあと、台座に腰掛け伊周は尋ねた。突っ立ったまま黙っているなき子に、伊周は隣に座るよう促した。

「ちかごろは、そなたの書いた草子も回ってこないから心配なのだよ」

痩せた横顔の無理やり笑みを作る様子が、なき子には痛々しく見える。頭には烏帽子《えぼし》もなく、ほつれた髪の毛が耳の辺りにかかっているさまがより哀《あわ》れだ。

「気丈に振る舞われていらっしゃいます」

「そう……」

池に水の跳《は》ねる音が聞こえる。水面《みなも》に映る松明《たいまつ》の光の揺れるのが、見えなくとも想像できる。

波紋の消えるころ、沈黙していた伊周が小さな声で言った。

「少納言、すまない、少しだけ」

「えっ？」

なにごとか、訊《き》く間もなく伊周はその美しい顔をなき子の肩の上に凭《もた》せ掛《か》けていた。急のことで一瞬何がおきたのか判らなかった。判ったあとは顔が熱くなる。暗がりの中のことで良かった、と胸を押さえながら思う。

「あの娘は、幼いときから自身に課《か》せられたさだめを、判っていたのだよ」

「…………」

「原……桐壺の方もきっと同じ。けれど私は未《いま》だに受け入れることができなくて」

苦しげな声には遠く涙の気配がある。

「大納言様……」

「その呼び名はよしてくれ。伊周と呼んでおくれ、少納言」

「伊周様」

伊周は甘えるようになき子の耳元で鼻を鳴らした。薄まった薫物がふわりと鼻腔《びこう》を掠《かす》める。と同時になき子は胸の高鳴りも治まり、何故《なぜ》か息子のことを思い出した。

どうしてお父様は家に来ないの？

則光の夜離《よが》れののち、二番目の息子がしばらくしてから尋ねた。無邪気な様子に胸を衝《つ》かれたが、自分よりも苦々しい顔をしてそれを聞いていたのが、最初の息子だった。

子供にでも男女の仲の濃淡が判るのだな、と、そして最初に生まれた者は課せられたさだめを自覚しなければならないのだな、となき子はそのときに思った。

伊周は、大人になっても負いきれない。稀《まれ》にそういう人もいる。

「伊周様、存分に甘えてくださいませ。わたくしを母と思っていただければ嬉しゅうございます」

なき子の小さな言葉に、伊周は顔を上げてなき子の瞳を見る。

「いもうとになってはくれまいか？　まだ修理亮《しゅりのすけ》のことをせうとと慕っているのか？」

「あの男は関係ございませぬ。わたくしがお慕《した》いするのは、……中宮様だけでございます」

その答えに、くろぐろとした伊周の瞳は変わらずじっとなき子の瞳を覗き込んだ。奥に潜《ひそ》む真実を探しているかのように。

「……そういうことに、させておいてくださいませ、今は」

絡《から》まった糸を引き千切《ちぎ》る思いでなき子は目を逸《そ》らし、俯き、言葉を重ねた。

「そして、お泣きになったあとは、どうぞ、このことはお忘れくださいませ」

恋をしたらきっと、この人に縋《すが》ってしまう。伊周を好ましいと思う。けれど所詮《しょせん》手の届かぬ思いだし、定子を守るために強くならなければならない自身にとっては枷《かせ》になる。

肩の辺《あた》りがじわじわと濡れてゆく。耐えろ、と胸のうちに呟《つぶや》く。それが己に対してなのか、伊周に対してなのか。

この温かさも、彼の顔が離れればいずれ冷えて不快になるだろう。なき子は降り始めた女の髪のような雨を見ながら、時の過ぎゆくのをじっと待った。

＊

程《ほど》なくして、定子は参内することになる。戻った翌日に早速主上の御召《おめ》しがあり、なき子はせめて主上の腕の中で定子が泣けるようにと祈った。

道隆の後任だった道兼の薨去後も、赤斑瘡の病は留まることを知らずに公卿《くぎょう》たちをも襲《おそ》った。定子の異母兄であり、伊周と仲違《なかたが》いをしているという道頼《みちより》も、同じ病に倒れた。道隆の死からわずか二か月後のことである。

喪に服す定子はただ、じっと祈っていた。これ以上近親者の死を見たくはないだろう。

しかしながら、知らせのあった数日後、道頼の辞世《じせい》を登華殿に住む女たちは知った。

「お可哀想に……」

「まだお若くていらっしゃるのに……」

口々に追悼《ついとう》の言葉を口にする彼女たちの同情は、さまざまなものを含んでいるとなき子は思った。

いつか定子が、伊周と道頼の確執《かくしつ》について話をしてくれた。それからなき子も自身で女官たちの噂話《うわさばなし》を聞いた。眉目秀麗でありながら不遇の兄と、同じく玲瓏でしかし優遇された弟。兄はすべてを受け入れ、弟はそのさだめを心のうちで受け入れきれない。そしてすれ違いつづけた結果、仲違いしたまま、兄弟は死に別れた。

容姿は彼らに及ばないにせよ、自身にとっては誰よりも可愛い、自らの息子たちの顔を、なき子は思い浮かべた。来年元服を迎える長男、まだ幼い次男。なき子が一緒に暮らしていたころ、彼らはとても仲が良かった。たまには喧嘩《けんか》もするが、次の日には何に対して怒っていたのか二人とも忘れる。そして仲睦《なかむつ》まじく遊ぶ。

母の違う兄弟の溝《みぞ》は深く、埋まることはなかったのだろうか。

――お兄様は、可哀想なのよ。

定子が呟いた言葉が蘇《よみがえ》り、また、つい先日肩を濡らした伊周の涙の悲しさを思い出す。かつては仲の良かった兄の亡骸《なきがら》を、弟はどんな気持ちで見送ったのか。

伊周が、また自分のところに来るのではないか、となき子は思った。しかし、待っていても彼の訪れはなかった。

六月の末には大祓《おおはらえ》が行われる。宮中の穢れを祓う神事であり、死の穢れに触れていた定子たちと女房たちは、内裏を出なければならなかった。

通常、内裏の殿舎《でんしゃ》にいられない場合、中宮や皇后は中宮職の曹司である職御曹司《しきのみぞうし》へと住まいを移す。しかしその日は事情により、車はその方角へ行けなかった。

夜になって、代わりに用意されたのは陰陽寮の通りを挟んで反対側に位置する、参議の会食場でもある太政官《だじようかん》の朝所《あいたんどころ》であった。普段、宮中の女たちには縁がない。

「……暑い」

移ってしばらくすると、方々《ほうぼう》からそんな声が上がった。

定子たちのために、内部は住居として急遽《きゆうきよ》設えられていたが、この建物には天井近くの枢戸《くるるど》しか窓がない。格子もなく、戸を開け放つこともならないため、殿舎の中は眩暈《めまい》がするほど暑かった。

寝る時刻になっても、ほとんどの女が暑さに寝つかれないらしく、ところどころで話す声が聞こえる。なき子も眠れなかった。

「……少納言」

しばらくしてから聞こえてきたのは、宰相の君の声だった。局をひとつ隔てているだけで、近い。几帳の端から顔を出すと、すぐそこに切灯台《きりとうだい》を手にした彼女の顔があった。

「暑すぎて眠れないわ」

「わたくしもですけれど、どうすることもできませぬ」

「ちょっと、涼みましょう」

そう言うと有無《うむ》を言わさずなき子の手を取り、宰相の君は入り口近くまで行き、妻戸を細く開けた。幾分かましな涼風が頬を撫で、ふたりは安堵《あんど》の溜息をつく。

「どうなさったのです、わたくしをお誘いになるなんて」

彼女が自らなき子を話に誘ったのは初めてだ。親しい話し相手ならば、すでに登華殿に戻ってきている中納言の君がいる。

「いけなかったかしら？」

「いいえ、光栄でございます」

しばらく、宰相の君は外を見遣りながら扇でゆるやかな風を送っていた。なき子も同じく、袖口で首に風を送る。虫の音色を聞きつつ、汗が引いてくるころに、宰相の君は再び口を開いた。

「悪いけど、見てしまったの、二条邸で」

「何をです？」

「大納言様がそなたと、睦まじくしていらっしゃるところを」

虚を衝かれ、なき子は言葉を失う。宰相の君はじっとその様子を見つめた。身の程知らずか、恥知らずか、哀れな年増《としま》と蔑《さげす》まれるか、なき子は再び汗に濡れた手で袖の端を摑《つか》み、次の言葉を待った。

「何を、お話しされていたの？」

宰相の君は、罵《ののし》ることもなく平坦な声で尋ねた。それがより恐ろしく思える。

「……受け入れることができないと、おっしゃっていました」

何を、とは訊かれなかった。おそらく父親の死を、という言葉に置き換えて納得されるのだろうと思う。そのほうがきっと伊周のためにも良い。

しかし宰相の君はまったく予想もつかぬことを尋ねた。

「山井殿のお話は、されていらっしゃらなかった？」

思いも寄らぬ人の名を聞き、なき子は再び言葉をなくした。山井殿とは、先日逝去した定子や伊周の腹違いの兄、道頼の呼ばれ名である。

「お願い、もし何かお話されていたのだとしたら、教えてちょうだい」

懇願《こんがん》されても、何も聞いていないものは話せない。素直にそう述べると、暗がりの中でも宰相の君の顔は曇った。

「……あのう」

「なに？」

「山井殿、もしかして宰相の君の好《よ》い方《かた》でいらっしゃいました？」

なき子はそのとき初めて、彼女の表情を見た気がした。悲しみとも愛しさとも怒りとも取れる複雑な顔。暗かったことが彼女にとっては救いだろう。

「……わたくしたちは、同志でしたの」

必死に涙を堪《こら》えていると思われる声が、そう告げた。

「同志？」

「あの方が大千代君《おおちよぎみ》と呼ばれていらっしゃったころから、わたくしたちは仲が良かったの」

「そうでございましたか……」

「わたくしも、あの方も、同じころに実の親に見捨てられたのです」

「…………」

「年嵩《としかさ》のあの方のほうが、大納言様よりも出世も遅れて、それに大納言様のあとの空席に収まるという屈辱《くつじよく》をずっと受けつづけていらっしゃった。あのお方は人にお優しくて明るくて、ほかの誰にも辛《つら》いことをおっしゃらなかったけれど、ときおりわたくしのところに来て、泣いていたのよ」

「…………」

「せめて、大納言様があの方を少しでも惜しんでくだされぱと、望んでいたのだけど」

かける言葉もなかった。なき子はただ、宰相の君が袖口で押さえる口元を眺めた。

「……そのことを、お方様は？」

「ご存じないわ。誰にも気づかれないよう、ずっと気をつけていたから」

だからそなたも草子に書くようなことはしないで、と彼女は念を押す。

「勿論《もちろん》、そんなことはいたしませぬ。……お咎《とが》めにならないのですか」

「何を？」

「わたくしと大納言様が、会っていたこと」

恐る恐る尋ねると、宰相の君は口の端《は》を少し上げた。

「わたくしはそなたを咎められる立場にはないわ」

お方様の目を盗んで、同じことをしていたのだもの。

気位《きぐらい》の高い女の言葉は、悲しみと慈《いつく》しみに満ちていた。

翌日は、眩暈がするほどの暑さに加え、辟易《へきえき》するほどの晴天だった。戸を開けて御簾《みす》を巻き上げると、日の光の眩しさに誰もが寝不足の目を細めた。

若い女がひとり、男の姿のないことを確認してそっと庭へ出る。普段は登華殿か職御曹司にしか滞在しない女房たちにとって、違う場所の違う景色は大層新鮮だった。

ひとり出たら、またひとりあとにつづき、仕舞いには宰相の君となき子、そして定子だけを残し、ほかの女房たちは皆庭に下りてしまっていた。時司の鼓でようやく起き出してきた定子は、がらんとした曹司を驚いた顔で見回す。

「……何がおきたの?」

「申し訳ございませぬ」

宰相の君がまず謝罪し、事情を説明すると定子は呆れ顔で笑った。

「良いことだわ。みんな曇り空みたいな衣装を着せられて、穢れ扱いされて、退屈していたのでしょうよ」

袖口で隠すこともせず大きな欠伸《あくび》をし、定子はこちらを向き直る。

「おまえたちも行っておいで。良い天気じゃないの」

「でも……」

言いよどむ宰相の君の顔を見て、なき子はその手を取った。そして反対の手で定子の袖を摑む。

「お方様も、一緒なら行きますわ。ねえ宰相の君?」

昨晩の話を聞いて、ひとつ怪訝に思ったことがあった。道頼を捨てた道隆。その道隆の愛《まな》娘《むすめ》である定子を、宰相の君は憎んでいるのではないか。

しかしそれを尋ねるより前に、彼女は否定した。

──道隆様はご自分の立身《りっしん》のためだけにお方様を入内させたのよ。位は違えど、見方を変えれば山井殿と同じお立場なのよね。

それでも、きっと心に蟠《わだかま》るものはあるだろう。

ふたりの手を取り、なき子は双方を見る。先に笑ったのは定子だった。

「……そうね。行こうかしら。着替えを手伝ってくれる？」

女房たちが鈍色《にびいろ》の裳《も》に紅《くれない》の袴《はかま》であるのに対し、定子だけはすべて黒だった。これでは外に出たときに中宮だとばれる。ふたり掛かりで定子を召し替えさせ、三人で手を取り合って庭へ下りる。しかし、庭にいたはずの女房たちはすでにそこにはいなかった。

「どこに行ったの？」

辺りを見回し、最初に女たちを見つけたのは宰相の君だった。昨晩のしおらしさはどこへやら、眉《まゆ》を吊り上げてそちらを睨《にら》みつける。

「あらまあ、まあ、楽しそう」

反対に、定子はそちらを見て笑った。

庭には色とりどりの花が咲いていた。そして庭を越えた向こうには、小高い丘に作られた時司の楼《たかどの》がある。女たちはその楼の上に鈴なりになっていたのだった。

晴れた空の下に、揃いの裳を纏《まと》った女たちの、長い黒髪が風に靡《なび》く。宰相の君の眉も、定子の言葉に下りて、三人でそちらを見遣った。

「綺麗ねえ」

定子の言葉に頷き、なき子は女たちを見つめた。高いところで笑う女たちは、天からの使いのように見えた。

「中納言の君まで……」

苦々《にがにが》しい言葉が遠くまで聞こえたのか、中納言の君がこちらを振り向き、躊躇《ためら》うことなく手を振ってきた。

「行きましょう」

なき子はふたりの手を引き、楼のほうへ向かった。袴が足に纏わりつく。いつしか手を離し、三人とも自《みずか》らの袴を引っ張り上げて走っていた。

「あっ、お方様」

「宰相の君」

ばつの悪そうな女たちを宰相の君は、眉を吊り上げることなく呆れ顔で見遣ったあと、「お方様のために場所を空けておくれ」と請《こ》うた。数人の女たちが階《きざはし》を下り、その場所になき子は定子を押し上げる。楼は少なくともなき子の背丈《せたけ》よりも上にあった。

「こんな高いところ、久しぶりだわ」

風に頬を撫でられ、定子は柱を摑んで目を細める。

「前はいつでございましたの？」

「入内したときの輿《こし》」

おまえたちもいらっしゃいよ、と定子はなき子と宰相の君に手を差し伸べる。なき子は柔かな手のひらを取り、うしろから押してもらい、その横に立った。同様に宰相の君も。

人ひとりぶんの高さとは言え、見える景色はまるで違った。建物の屋根が近い。地面が遠い。そして天が近い。この女たちが天の使いに見えても仕方がない。

「あ、綺麗な鳥」

「いやだ、足を踏まないで」

「髪の毛が絡まってるわ、誰の？」

喪の穢れを吹き飛ばす勢いでかしましい楼の上に、涼やかな男の声が響いた。

「……少納言？　宰相の君？」

定子は振り向いて見下ろす前に、その声の主の名を呼んだ。

「お兄様？」

声の主は顔を見知ったふたりの女のみならず、まさか自身の妹までそこにいるとは予想していなかったらしく、素《す》っ頓狂《とんきょう》な声を上げる。

「……中宮様⁉　何をしているのです」

「見てお判りにならない？　楼に登っているのよ。お兄様こそこんなところで何をなさってるの、大祓はもう始まっていましてよ」

伊周は道隆の死に立ち会っていなかった。それでも彼はしばらく参内していなかった。妹の楽しそうな様子を見て、伊周は叱《しか》る気も失せたらしく、少し離れたところから女たちの様子を眺めていた。やがて飽きた女たちが階を下り始める。

「まったく……」

定子が下りたのを確認し、伊周は溜息をついた。頬を上気させて嬉しそうに兄を見上げる定子は、本当に可愛らしい。

女たちはぞろぞろと朝所に戻り、それぞれの局に帰った。宰相の君が定子を連れてゆき、なき子は伊周とふたり、庭に残される。彼に会うのは、あの夜以来だった。

「少納言」

心地良い声が名を呼ぶ。

「この前は、済まなかった」

「……お気になさらないでくださいませ」

「そなたの元夫が、次の除目《じもく》で蔵人《くろうど》になる」

「えっ？」

なんの脈絡もなく伝えられた言葉に、思わず口元を隠していた扇を取り落とした。伊周が腰を屈《かが》めてそれを拾い上げ、なき子の手に握らせる。

蔵人は主上の側近であり、殿上人《てんじょうびと》だ。内裏の中に入れるようになれば、必然的に会う機会も多くなる。

「けれど、そなたはもう彼に思いはないのだったね」

「…………」

おゆき、中宮様が待っている。

寂しそうに笑い、伊周はその場を立ち去ろうとした。咄嗟になき子はその背中を呼び止める。

「大納言様、あの……」

「なに？」

「あの、山井殿のこと……」

聞こえた名前に、振り向いた伊周は頰を少し強張《こわば》らせる。

「山井殿が、どうしたの？」

「大納言様、お寂しいですか？」

もう少し気の利いた訊きかたがあるだろうに、則光の話をされたあとだったため、言葉を選んで取り繕《つくろ》う余裕もなかった。唐突な問いに、伊周は不快な顔をするでもなく、若干躊躇ったのち、頷いた。

「寂しいよ、そして悲しい。兄だったからね、とても仲の良い」

「そう、ですか」

「彼が祖父に引き取られていったとき、私は泣いたのだよ。何故《なぜ》彼が私と同じ母から生まれていなかったのだろうと。そうすれば彼が関白の役を継ぐのは容易だったろうし、私がこんなに悩むこともなかっただろう」

「…………」

沈黙が、少し痩せた男の顔をより艶《なまめ》かしく映す。黒く深い珠の瞳から溢《あふ》れた涙はきっと何度もその薄い頬を伝っただろう。形の良い顎《あご》から雫《しずく》になって落ちるのが見えるようだ。

「ねえ少納言、私はなるべく泣かないようにする。三人も近しい人を私はいちどきに失って、きっとこれ以上の悲しみはもう、ないから」

ぎゅっと胸の奥を摑まれた気がした。何も言えず、その場に突っ立っていたら、再び伊周は背を向け、今度こそその場を立ち去った。

なき子はひと呼吸し、踵《きびす》を返す。若い男の悲しみと心の中に消えない重い石のようなものが、なき子の胸の中にも流れ込んでいた。

朝所の戸の中に入ると、足元に宰相の君が蹲《うずくま》っていた。

「いかがなさいました⁉」

慌ててなき子は座り込み、肩を摑む。膝の間に顔を埋めたまま宰相の君は首を横に振った。

「大納言様、山井殿のことを……」

絞り出した声には涙が混じっていた。ああ、となき子は思う。

「……ええ、悲しまれていらっしゃいました。これ以上の悲しみはもうない、と」

「ありがとう、少納言」

今度はなき子が首を横に振る。ついで足元を見遣ると、宰相の君の袴には橙《だいだい》色の花が一輪、名残《なごり》惜しげに絡みついていた。

＊

泣かないようにする、と伊周は言った。なき子のところにはそれ以降しばらく沙汰はなく、したためた草子も渡す機会がなかった。

大祓のひと月足らずのちに、しかしながら彼は朝廷で大事件をおこすことになる。

関白となった道兼が就いて数日で薨去したのち、同位には同じく道隆の弟である藤原道長《みちなが》が就くこととなった。この人事は皇太后《こうたいごう》、藤原詮子《せんし》の意向によるものであった。詮子は道隆の姉である。

伊周がいくら泣き言を言わないと誓ったとしても、それは遅すぎる決意だった。彼は学問には長《た》けているもののまだ年若く、政《まつりごと》に関しては無力に等しい。道長が関白となるのは当然の人事とも言えた。

そして七月二十四日、伊周は宮中であるにも拘《かかわ》らず、道長と口論の末に殴《なぐ》り合いとなった。更にその三日後、定子の弟である隆家《たかいえ》に仕える従者が、大路にて道長の従者たちと乱闘をおこした。

朔日を跨ぎ、隆家の従者は恨《うら》みの末、道長の従者を殺害した。

日々知らされる心掻き乱す出来事の数々に、定子はじっと唇を噛んで平静を保とうとしていた。

これならば、泣いていたほうがまだ救いがあるのに。

なき子の胸中は穏やかでなく、まだ懐妊《かいにん》の兆《きざ》しのない定子の腹を御簾の外から見つめた。

定子が子を産まないのであれば、春宮が原子でない女に産ませた子を、次に立太子させることになる。

京には秋の風が吹き始める。登華殿にも、やがて冷たい風が通り抜けるようになる。

朝所に滞在した初日が懐かしい。

寒いよりも暑いほうが、まだ寂しさや悲しさを紛らわせられるのに。

御簾の中の定子は、唇の代わりに自らの冷えた指先を噛み締めていた。

三　二条邸

あのとき、どうしてもっと優しくして差し上げられなかったのだろう。

ただいっときのよすがであったとしても、伊周《これちか》が我が身をいもうととして望んでくれていたのならば、何故《なにゆえ》是《ぜ》の答えを差し上げられなかったのだろう。

伊周の弟である隆家《たかいえ》に仕《つか》える従者が、大路《おおじ》にて道長《みちなが》の従者たちと乱闘をおこし殺人事件にまで発展した昨年の夏。宮中でおきた一連の事件は、伊周から笑顔を奪った。定子《ていし》と原子《げんし》の「優しいお兄様」は、間接的に殺人事件をおこした男の兄でもある。兄と弟の敵の名は藤原道長。

父道隆亡きあと、この宮中を徐々に手中に収めようとしている。定子には抗《あらが》うことも逃げ出すこともできない。ただ一心に、主上《おかみ》の子をその腹に宿すのを待つ。

正月行事があらかた終わったのち、昨年と同じようになき子は宿下がりをした。節会《せちえ》のあと道長の来訪を受けしばらく乱れていた定子の心も比較的落ち着き、少しのあいだならば傍《そば》を離れても大丈夫であろうと判断したためだ。

昨年の宿下がりの際、息子たち娘たちは、なき子が少納言と呼ばれていることに、強張《こわば》った顔を見せた。離れて暮らしているとはいえ、母親である女が他人になってしまったようで恐ろしかったのだろう。

しかし今年は違った。おそらく父親の則光《のりみつ》か、近くに住む誰かに、なき子の噂話《うわさばなし》でも聞いたのだろう、子供たちは母の帰宅を笑顔で迎えてくれた。

「お母様は中宮《ちゅうぐう》様のお気に入りなのですってね」

「そうなのかしらね」

自分のことのように誇らしげに言う娘に、なき子は困り顔で答えた。

「中宮様はどんな方？　わたくしもお傍にゆけるかしら」

「そうね、中宮様はとても賢《かしこ》くていらっしゃるから、あなたがたくさん歌を詠《よ》んで、難しい書も読めるようになれば、お仕《つか》えできるかもしれないわね」

あと数年すれば娘たちにも男が通うようになる。その前に出仕《しゅっし》させるのが良いのか、自身と同じく、年増《としま》になってから出仕するのが良いのか、なき子には判《わか》らなかった。宮中では、四位《しい》以上の男と妹背《いもせ》になれることもある。しかし彼らは女を定めない。数多くの女のもとに通い、それでも心から思っているのはそなただけと枕元で囁《ささや》く。全員に。

なき子には則光しかいなかった。そして知り得る限り、夜離《よが》れが訪れるまでは則光にもなき子しかいなかった。自分の男がほかの女のところへ行ってしまった、と嘆く女たちよりも、そのときのなき子は幸せだったと思う。則光の抱擁《ほうよう》はなき子だけのものだった。

その則光は、昨年伊周がなき子に告げたとおり、年始の除目《じもく》で蔵人《くろうど》職に就《つ》いていた。この職は主上の側近であり、則光程度の家の者が本来就ける立場ではない。別れた夫ながら、なき子は自身のことのように喜んだ。

宿下がりして早々、しかしながらなき子は宮中に呼び戻されることになる。

「お方様《かたさま》のもとへお戻りくだされ」

文遣《ふみづか》いは内裏《だいり》から来たにも拘《かかわ》らず、面《おもて》を取り繕《つくろ》うことすら忘れていた。文を開き、なき子の顔からは血の気が引いた。自身でもそれが判った。

伊周と隆家の従者が、一代前の主上、花山法皇《かざんほうおう》を射《い》た、というのだ。

仕組まれた、となき子はどうしようもない悔しさに唇を噛《か》んだ。

左近衛陣《さこんえじん》での口論からもうふたつの季節を越えている。しかし藤原道長が、伊周の失墜《しっつい》を望んでいるのは間違いない。関白の座に就いたのは道長であったけれども、高い地位に就けば人はそれを脅《おびや》かす可能性のある者を排除しようとする。男であればそれはなおさらであろう。

「戻ります、車を」

不安そうな顔を見せる子供たちを置いてゆくのは心苦しかった。けれど子供たちも、蒼白《そうはく》な顔をして立ち上がる母を止めようとはしなかった。こうして子供は大人になってゆくのだな、となき子は唇を噛み締める娘たちを、愛しくも寂しくも思った。


泣かないと言った伊周は、どこかの女の膝《ひざ》の上で、今は泣いているのだろうか。

一月半ば、伊周は女のところへ行こうとしていた。花山法皇も同じ屋敷《やしき》に住む女のところへ向かっていた。すべては伊周の勘違《かんちが》いで、事件はおきた。あるいは、関白への道が途絶え、もう何もかもを諦《あきら》めていたのかもしれない。

花山法皇の婚渡《よばいわた》る女は、同じ屋敷におれど伊周の妻とは違う女だった。しかし伊周は隆家と共に画策《かくさく》し、彼らの従者が花山法皇の車に矢を射た。何もかもが勘違いだ。しかしなき子はこの事件の裏に、藤原道長の影を感じてならなかった。

それまで一度もかち合うことがなかったのに、同じ日、同じ時刻、同じ屋敷にふたりが出向いたのは何故《なぜ》か？

「お兄様からのお返事はまだ来ないの？」

定子はげっそりと痩《や》せ細った顔で、宰相《さいしょう》の君《きみ》に問うた。

「まだでございます。お姿を見たという話もまだ」

「どこにいらっしゃるのよ、お兄様は」

曹司《ぞうし》の中、定子は怒りとも悲しみともつかぬ溜息《ためいき》と共に、項垂《うなだ》れる。

昨年なき子に、いもうとになってくれまいか、と尋《たず》ねた伊周には通う女が複数いたらしい。そのことに若干《じゃっかん》落胆しつつも、なき子は彼の身を案じた。逃げ回れば罪は重くなる。今の彼の立場として、宮中にいるふたりの妹のためにも、早く釈明しなければならない。

それが、釈明になるのかどうかは判らないけれど。

数日後の宮中では、更《さら》に定子に不利となる噂が流れ始めていた。

道長の従者と道隆の息子たちとの間におきた乱闘に殺人。昨年の夏の事件以来、伊周が道長に呪詛《じゅそ》をしているという。これに対し定子は「たわけたことを」と吐き捨てた。

「お兄様がそのようなことをなさるわけがない。もしここにいる者でひとときでも噂を信じた者がいるのなら、今すぐに登華殿《とうかでん》を出ておゆき」

女は噂話が好きだ。実際に道長は屋敷で体調を崩し、寝込んだままでいるという。登華殿でもその話を口にする者がいた。しかし定子の言葉に、一同は押し黙った。

「くだらぬ小芝居を……」

悔しげに扇《おうぎ》の端を噛み締める定子を、宰相の君は悲しそうな顔をして見ていた。彼女は藤原北家《ほっけ》の生まれながら、自《みずか》らに流れる血を憎んでいる。争いと憎しみ、そして悲しみの刻み込まれた血。その脈を終わらせようとしても、女には何もできない。

定子は塞《ふさ》ぎ込み、道長は病《やまい》に臥《ふ》せっている。宮中の華やかさは影を潜《ひそ》め、後宮《こうきゅう》にはただ女たちの溜息ばかりが聞こえる。

二月十一日、伊周と隆家の罪名が言い渡された。これまで罪人ではなかった者が、罪人となる。その罪が決められる前に、定子は原子と共に内裏を離れた。十日と少しのちのことであった。行先は、職御曹司《しきのみぞうし》である。

主上の便りもなく、更に十日後、定子たちは職御曹司を離れることになる。二条《にじょう》の屋敷へ里下がりをする赦《ゆる》しを得ていた。

昨年、同じ家で父を失ったふたりの姉妹は、かつての父の居住棟であった正殿を訪れ、泣いた。

「お父様が生きていてくださったら」

原子は姉の肩に顔を埋め、震える声で叶《かな》わぬ願いを口にした。言《こと》の葉《は》に命が宿るならば、どうか道隆をここに戻して欲しい、と、曹司の端に控えたなき子は思う。妹の頭を撫《な》でながら、姉も声を殺して泣いていた。妹の願いに姉は何も答えなかった。

庭には白梅《はくばい》が花を散らせていた。雪解けの庭に新たな雪を降らせるように、花はぬかるんだ地面を覆《おお》う。雪の朝がずっとつづけば良い。何もかもが凍《い》てつく寒さの中でなら、きっと悲しみは氷に覆われる。

屋敷に仕える従者たちが、だいぶ減っていた。沈みゆく船となった定子の生家は、彼らの口《くち》過《す》ぎを支えるには脆《もろ》すぎる。

夕餉《ゆうげ》ののちに夜になり、鼓《つづみ》の音もなく女たちは用意された床についた。しばらくののち、なき子の局《つぼね》に小さな足音が近づいてきた。

「少納言《しょうなごん》、ねえ少納言」

聞き慣れない足音だと思ったのも当然だ。几帳《きちょう》の隙間《すきま》から顔を覗《のぞ》かせた声の主《ぬし》は原子だった。

「いかがなさいました」

「眠れないの」

なき子も眠れなかったので、すぐに身体を起こし、衾《ふすま》をどけて袿《うちき》を羽織った。原子はおずおずと局に入ってくる。小さな少女は羽ばたけない鳥のようだった。

「昨年は、皆で将棋《しょうぎ》をいたしましたわね」

道隆が病に倒れたとき、同じ二条邸で女たちは少しでも楽しいことをしようと、将棋を指した。

「ねえ、何か楽しいお話をして、少納言」

昨年は皆で「ものすごく嫌なこと」を考えて眠れぬ夜を遣《や》り過ごした。今度は楽しいこと、か。そうですわねえ、となき子は考え込み、ふと思いついて「源方弘《みなもとのかたひろ》という男はご存じですか？」と尋ねた。

「名前だけは」

「奇妙な男なんですのよ」

原子の住まう桐壺《きりつぼ》は清涼殿《せいりようでん》からかなり離れているため、夜、宿直《とのい》の点呼である名対面《なたいめん》の様子は聞こえない。しかし登華殿は比較的近く、遮《さえぎ》る殿舎《でんしや》もないため、風向きが良ければ東庭での出来事が聞こえてくる。

名対面では様々な男たちの名が聞こえてきて各人の返答があるのだが、この源方弘においては、殿上人《てんじようびと》の点呼《てんこ》に返答がないと、そして滝口《たきぐち》の怠慢で返答のないことに理由を求めないと、何故《なぜ》かやたらと怒る。それまで女たちは、近ごろ沙汰のない殿方の声に胸を華やがせたり、せめて声だけでも聞けぬものかと耳を澄ませているのに、方弘が来ているとすべて彼に意識を持っていかれてしまい、大変迷惑なのである。

しかも文章博士《もんじようはかせ》の出であるため、難癖をつける言葉が古めかしくてどこか滑稽で、本人は怒っているのに聞いているこちらは笑ってしまう。そんなやりとりが頻繁《ひんぱん》とまでは言わないが、結構な頻度《ひんど》で聞こえてくるので、方弘は登華殿ではなんだかんだ人気者なのだ。

方弘の口調を真似つつ、なき子はところどころ脚色《きやくしよく》しながら話した。原子はくすくすと笑い、

「一度聞いてみたいわ、その男のお話するところ」と羨《うらや》ましそうに言った。

「次はいつ名対面にお出ましになるのか、蔵人にでも訊《き》いて調べておきますわ。そうしたら登華殿へおいでくださいませ」

「きっとよ、少納言。忘れないでね」

「もちろんですわ」

なき子は頷《うなず》き、そっと身を寄せてくる少女の髪を撫でた。触れた頭は小さくて子供のように熱く、思わず娘たちを思い出す。

「……どうなるのかしら、お兄様」

「わたくしたちにはお祈りすることしかできませぬ」

「少納言はお兄様を好き？」

まっすぐになき子を見つめる少女の問いが真摯《しんし》なものであることは、暗闇の中でも判った。

しかしなき子は何も答えられなかった。


東庭の喧騒《けんそう》が聞こえてくるのは、名対面のときだけではない。正月行事もそうだし、除目のときもそうだし、清涼殿でなんらかの行事があれば、必ず男たちの笑い声や話し声は聞こえてくる。ときには耳を塞ぎたくなるような内容も聞こえてくる。

関白が藤原道長となった今、定子が内裏に戻らず二条邸に留まりたがるのは無理もなかった。毅然《きぜん》とした態度を保つにも限りがあったのだろう。むしろ昨年の夏からずっとここまで、よく耐えていたとなき子は思う。

外を濡らす春の雨は暖かいが、湿った心の中はいつまで経っても晴れない。暦は四月となり、二条邸はにわかに騒々しくなった。伊周が単身で二条邸に戻ってきたのである。夜半のことで、雨が上がり、雲間から顔を覗かせた真っ白な月を求めて外へ出ていた定子が、僅《わず》かな松明《たいまつ》の灯《あか》りの中、偶然兄の姿を庭に見つけたのだった。横に侍《はべ》っていたなき子や宰相の君には何も見えなかったのに、きょうだいは心が繋がっているのだろうか。

「お兄様、いったい今まで何処《いずこ》に」

北の対《たい》へ兄を招き入れ、定子は詰問《きつもん》した。

「お方様がどれだけご心配なされたか、大納言《だいなごん》様、お判りになりますか」

宰相の君も厳しい声で問う。項垂れたままの伊周は目に見えて痩せ細っていた。幾日も替えていないのか、衣手《ころもで》もところどころ汚れている。なき子は何も言えず、ただ伊周を見つめた。

「……済まなかった」

絞《しぼ》り出すように、萎《しお》れた声で伊周は言った。

どこにいたのか、何をしていたのか、なぜ花山法皇に矢を射ろうなどと思ったのか。おそらく定子は訊きたいことが山ほどあったであろうに、兄のその一言で口を噤《つぐ》まざるを得なくなった。

「今までここへは誰も来なかったか?」

しばらくの沈黙ののち、伊周が尋ねた。宮中で「中宮様」と話すときと違い、その口調は仲の良いきょうだいのものだった。

「来ませんでしたわ。控えていただいていますの」

「そうか……」

伊周はやや安堵《あんど》を含んだ溜息を漏らす。端正な顔にありありと浮かんだ疲労は、女たちの憐《あわ》れみを誘った。

「大納言様、今宵《こよい》はお休みあそばされませ。もう遅うございます」

先ほどまで眉《まゆ》を吊り上げていた宰相の君でさえ、優しげな声をかける。

「明日になったらきちんとお話をさせていただきますわよ、お兄様」

「そうだね。本当に済まなかった」

一瞬、伊周がなき子のほうを見たような気がした。なき子の胸はずきんと痛んだ。しかし伊周はそのまま目を逸《そ》らすと立ち上がり、ほとんど足音もたてずに曹司を出てゆく。もし今宵、伊周の訪れがあれば何も言わずに受け入れよう、となき子はうしろ姿を見送りながら思った。

しかしながらその夜、伊周はなき子の局を訪れることはなく、更に定子が「きちんとお話をさせていただく」ことも、女たちが、装束《しょうぞく》を替えた凛《りん》とした伊周の姿を見ることも、すべてが叶わなかった。

早朝からまた雨が降り出した。しとしとと弱い雨は徐々に勢いを増し、風が戸を揺らし始めた。

外から声が聞こえていた。ひとりふたりではない。風巻《しまき》に掻《か》き消されることもなく、大勢の足音、馬の蹄音やいななきも混じっている。何かとてつもなく嫌な予感がし、なき子は寝褥《しんじょく》から抜け出した。なき子よりも一足早く、暗がりの中で、同じ曹司に寝ていた宰相の君が妻戸《つまど》を開けようとしていた。なき子の気配に気づくと振り向き、硬い表情で問うた。

「……少納言、そなたも気づいて？」

「はい」

戸を指三本ほどに細く開く。風に混じり、確かに男たちの声が聞こえていた。築地塀《ついじべい》の向こうは木々に阻《はば》まれて見えないが、この数はおそらく尋常《じんじょう》ではない。

「少納言、悪いけれど大納言様のところへお知らせに行って。おそらく昨日大納言様がおっしゃっていたのはこのことよ」

——今までここへは誰も来なかったか？

手の先が一気に冷たくなった。下女を起こして使いに遣らせるよりも自分が行ったほうが早い。宰相の君は「早《はよ》う」と急《せ》かす。頷き、なき子は北の対を早足であとにした。

渡廊《わたろう》は雨に濡れていた。風が髪を攫《さら》う。扇をかざして雨を避けながら、どうしてもっと早く動けないのか、となき子は自身の愚鈍《ぐどん》な足をうらめしく思った。

伊周の滞在する殿舎に着いたときは、頭から袿の裾《すそ》までずぶ濡れになっていた。身体が重い。戸の外に控えながらもこの雨と喧騒の中、呑気《のんき》に居眠りをしていた従者を叩き起こし、中に入れてもらう。女が男の寝所に入るなど考えられないことだが、なき子は覚悟を決めて母屋《もや》の御簾《みす》の中に足を踏み入れた。

まだ切れていない灯台《とうだい》の明かりの中、伊周の規則正しい寝息が聞こえていた。衣擦《きぬず》れにも人の気配にも気づかぬほど深い眠りの中にいるのだろう。

「……大納言様」

少し離れたところからなき子は声をかけた。返答はない。意を決して近づき、肩に手をかけた。

「大納言様、お目覚めくださいませ」

伊周は微《かす》かに呻《うめ》き、細く目を開ける。そしてなき子の姿を認めた瞬間、はっと息を呑《の》み身を起こした。

「……少納言⁉　何故《なにゆえ》そなたがここに」

男の口元になき子は自らの袖を押し当てた。

「声を上げず、耳をお澄ませくださいませ。大納言様ならばこの物音が何事か、ご存じでいらっしゃいましょう」

聞こえ来る男たちの声に耳を澄ませ、伊周はしばらくののち、「知っている」と低い声で答えた。

「……検非違使《けびいし》だ」

「検非違使？」

「わたしを捕らえに来たのだよ、わたしは法皇様に矢を向けた咎人《とがにん》だから」

伊周は自嘲《じちょう》し、それを見られまいと両手で顔を覆った。なき子は言葉を失う。

やがて外からは検非違使の読み上げる宣旨《せんじ》が途切れ途切れだが、聞こえてきた。

大宰権帥《だざいのごんのそち》、という言葉が聞こえてきたとき、なき子は腹の底から込み上げる怒りを感じ、知らぬ間に伊周の腕を摑《つか》み、訴えていた。

「伊周様、どうか、お逃げくださいませ」

「……少納言」

「おそらくこれはすべて関白様に仕組まれたこと。伊周様に罪などございませぬ。きっと今日すぐに検非違使が屋敷に入ってくることはないでしょう。今晩になればおそらくいなくなる。その隙にお逃げあそばされませ」

なき子の訴えに、伊周はふと表情を緩《ゆる》め、言った。

「優しいね、そなたは」

ならば、となき子は浮き足立つが、対して伊周は伏せた睫《まつ》毛《げ》の下で瞳《ひとみ》を逸らした。

「でも、もう、疲れた」

無気力な男の返答に、なき子の目からは瞬《まばた》きひとつののち涙が溢《あふ》れる。伊周はその様子を見ると、優しげになき子の頭を撫でた。涙で潰《つぶ》れた声を聞かれるのは恥ずかしかったが、それでもなき子は訴えた。

「……わたくしのために、お願いです、逃げてください」

どれだけ身の程知らずの図々しい願いか。判っていながらも言わずにいられなかった。そなたのためか、と伊周は呟《つぶや》き、撫でていた女の頭を胸に抱いた。

「判った。……中宮様にも誰にも、言わずにまた出てゆくことにする。これはふたりだけの秘密だよ」

目を閉じ、頷く。薄れた薫物《たきもの》の匂いが、いつまでもなき子の心に残った。


伊周の行先は誰も知らなかった。なき子も知らない。夜が明けてから一日中曹司に籠《こ》もり、一晩経ってまた姿を消した兄に対し、姉妹は怒りを隠せない様子でいたが、翌日には伊周の共犯とされる弟の隆家が二条邸に姿を現した。こちらもまた、定子や原子の詰問には何も答えず、やつれた姿で殿舎に引き籠もった。

数日後、恐れていたことがおきた。五月朔日《さくじつ》、とうとう検非違使たちが邸内に雪崩《なだ》れ込んできたのである。

この日も雨だった。風はないが雨粒は大きく、激しい音をたてて簀子《すのこ》を叩く。

おそらく内裏のすべての検非違使が来たのではないかと思う人数が、門を破り庭に入ってくる。なんの前触れもなかった。否《いな》、口上はあったのかもしれぬが、雨轟《うごう》に掻き消された。

外の様相《ようそう》を知った定子は北の対から飛び出していった。宰相の君が慌《あわ》ててあとを追い、なき子もそれに倣《なら》った。

定子は勿怪《もつけ》な速さで正殿への渡廊を駆け抜け、殿舎の簀子の上から庭に男たちの姿を認めると、「おやめなさい！」と今まで聞いたことがないほどの大声で叫んだ。

男たちは定子の声に足を止めた。相手は本来であれば中宮だ。しかし今は罪人を匿《かくま》う方人《かたうど》として見なされる。

「おそれながら中宮様、これは主上の勅《ちよく》にございます」

先陣にいた佐《すけ》は庭を濡らす雨よりも冷たい声で答える。

「ならば主上に奏上なされるが良い、ここには咎人などおらぬ、藤原道隆《みちたか》の子らがただ里に下がっているだけであると！」

二条邸に仕える従者たちは戦《いくさ》でも始めるのかという人数の検非違使を前に、すでに戦意を失い、ただ双方の成り行きを見ているだけだった。佐は頑として定子の訴えを聞き入れなかった。

「中宮様、これは主上の勅にございます。どうあろうと調べさせていただきます」

「主上は、それにそなたも関白にたばかられておるのだ、何故《なにゆえ》判らぬ！」

男たちは定子の言葉に顔を見合わせながらも、結局は乱暴な足音をたて、階《きざはし》を上がってきた。

宰相の君が咄嗟《とつさ》に定子の身体《からだ》を抱き、正殿の中に引っ張り入れる。

「いや、離して、こんなことって」

定子は身を捩《よじ》り、宰相の君の腕から逃れようとした。なき子は宰相の君の目配せを受け、彼女に手を貸し、定子の身体をふたり掛かりで抱きかかえる。

「耐えてくださいませ、お方様」

「主上まで、わたくしをお疑いになるなんて」

「主上がお疑いになったわけではございませぬ、関白殿が言いくるめたのです」

そう言う宰相の君の目には涙があった。

男たちは仮借《かしやく》も遠慮もなく屋敷の中に押し入り、美しく整えられた曹司を荒らした。机を蹴り飛ばし行李《こうり》を叩き壊し、足に沓《くつ》を履《は》いたまま褥《しとね》の上を踏みにじる。

やがて塗籠《ぬりごめ》の戸を破壊する音、殿舎の屋根を引き剝《は》がす音が聞こえてきた。見えぬところに潜んでいるのではと疑うにしても、あまりにもむごたらしい仕打ちだ。建物が地震のように揺れ、定子は悲鳴を上げる。

「やめて、ここにはお父様が住んでいたのよ、お願い壊さないで！　お願い……」

降りしきる雨が女の声を掻き消す。なす術《すべ》もなく、なき子は定子の身体を抱きしめつづけた。

＊

暑さの合間にふと涼やかな風が、天目指して伸びきった草をゆるやかに揺らす。陽光のない日には、骨まで冷やす長い雨が降る。おそらく今年は飢饉《ききん》となるだろう。

六月朔日、物忌《ものい》みの解けぬ定子や原子は内裏に戻ることなく、二条邸に滞在しつづけていた。なき子は思うところあり、その年二度目の宿下がりを許してもらった。定子はやんわりと止めたけれど、気づかない振りをして自邸に帰った。早めに便りを送っておいたため、子供たちもなき子の屋敷へ遊びに来ることになる。

僅か半年会わなかっただけ。それなのに娘も息子もひと回り大きくなったように見える。しかし無邪気に、半年振りのなき子に甘えた。お土産《みやげ》の人形《にんぎょう》を与えると娘たちは目を輝かせ、遊び始める。

逆に息子たちはなき子の帰宅を歓迎しつつも、離れた場所に座っていた。

「一《いち》の君《きみ》」

なき子は離れた息子を呼ぶ。はい、と彼が恥ずかしそうに返事をするのを聞き、はっとした。

「お声が……」

「お母様に聞かせたくないと、ずっと黙っていたのですよ」

弟が堪《こら》えられないというふうに含み笑いをして兄を見た。

「ちょっと、お立ちなさいな、一の君」

長男は渋々《しぶしぶ》とその場に立ち上がった。驚くほど背が伸びていた。薄色の水干《すいかん》装束は則光が仕立ててやっているらしく、まだ真新しく背丈《せたけ》にも合っている。

「立派になって……」

なき子にとっても、夫だった則光にとっても、彼は初めての子だ。夜泣きがひどく毎晩泣き声に起こされ、乳母《めのと》のおらぬときは自ら乳をやった。その息子が、もうなき子の背丈を超えようとしている。

長男は恥ずかしそうに俯《うつむ》き、おずおずとなき子の前に進み出た。そして報告する。

「来年の初めに、元服《げんぷく》を」

「……そう、そうなの、名前は決まったの？」

「則長《のりなが》、と。お父様はもうそう呼びます」

手を伸ばし、頰《ほお》に触ると素直にされるがままになる。すべすべとした肌にはまだ髭《ひげ》の生えてくる兆《きざ》しもないのに。則光に似て活発そうな少年はそれでも、すでに青年の顔へと変わりつつあった。それも寂しい。

どうかこのまま。名残惜《なごり》しく息子の頰や額《ひたい》を撫でていたら、長男が口を開く。

「お母様」

「なあに？」

「二条のお屋敷で何かあったのですか？」

「……何故《なぜ》？」

「この前お会いしたお母様とは、随分《ずいぶん》違う気がします」

どのように違うのか、それを自身で判っているだけに、軽く眩暈《めまい》がした。

——あの悪夢のような一日。

五月朔日の捜索で隆家が捕らえられた。二条邸は屋根を壊され床を剝がされ、男たちの去ったあとは荒れ果てた廃屋《はいおく》のごとくだった。

夜、打ち壊された殿舎の中、定子は自ら髪を削《そ》いだ。絶え間なく流れる美しい川のような黒髪が、音をたてて床の上に落ちてゆく。涙が止まらなかった。

「もう、内裏には戻れないわね」

髪を集めて筥《はこ》に入れたあと定子は、泣きはらした顔で言った。周りからも女房たちの啜《すす》り泣く声が聞こえている。

「今までよくわたくしに仕えてきてくれたわね」

定子は女たちに向き直り、涙の消えた声で伝えた。

「わたくしが勝手をしたことは謝ります。でもおまえたちはまだ若くて美しい。また新たな勤め先があるでしょう。どこへなりとも、ゆくが良い」

もう若くはない宰相の君と、加えて美しくもないなき子は、押し黙った。それを察したか、定子はふたりのほうを見て言う。

「おまえたちはわたくしの傍にいておくれ。どうせ勤める先も頼れる男もないでしょうから」

啜り泣きの中に僅かな笑いが混じる。

「残念ながらそのとおりですわ、お方様」

宰相の君も、腫《は》れ上がった瞼《まぶた》の下の瞳に、笑みを滲《にじ》ませた。なき子は、笑うことができなかった。これは哀《あわ》れな年増への同情なのか、それとも本当に定子はなき子に傍にいてほしいのか。

――まことの心で、望まれているのか。

悪夢から三日後、伊周は妹と同じように剃髪《ていはつ》し、内裏へ戻ったという。

伊周の罪は四つ。臣下に禁じられた大元帥法《だいげんのほう》の修習。皇太后である詮子《せんし》を呪詛にかけたこと。道長を呪詛にかけたこと。そして花山法皇に矢を射たこと。このうちの少なくともふたつは道長のたばかりだと、登華殿の女たちは信じている。実際、年の初めに道長が定子のもとを訪れたとき、彼にはまるで病の兆候《ちょうこう》がなかった。しかし道長の言い分では、伊周は昨年の七月から道長に呪詛をかけたことにされている。

伊周がそれまでどこにいたのか、誰といたのか、二条にいる女たちは誰も判らない。わたくしのために逃げて。そう言ったなき子の心は掻き乱された。頭を抱かれたあのときに、心に刻み込まれた薫物の香りはまだ消えていない。逃げ果《おお》せてくれれば良かったのに。自ら罪人として京《きょう》に戻るなんて。

きっと、もう二度と会えない。

その夜、則光が家を訪ねてきた。十五年近く前、初めて妻問《つまど》いに訪れたことを淡く思い出しながら、なき子は彼を曹司に上げる。子供たちはすでに寝ついたあとだった。

「どうせなら子供たちが起きているときに来れば良かったのに」

「戻ればいつでも会えるから、私は」

「何しに来たの？」

夜離れを迎えた男女が同衾《どうきん》することはない。向かい合って座り、なき子はわざと険《けん》のある声で尋ねた。

「様子を見にきた、ではいけないか？」

「今更……」

「登華殿ではうまく立ち回っているそうではないか」

「お蔭様《かげさま》で。それだけはあなたに感謝しているわ」

「じゃあ、無駄だったかな」

「何が？」

「蔵人職に就いたことが」

なき子には、則光が何を言いたいのか判らない。黙っていたら、則光のほうから口を開いた。

「……殿上の人になればそなたのこともよく見てやれると思っていたけど、無駄だったな」

「わたくしのことなどどうでもいいわ。誠心誠意、お仕えなさいませ」

それからしばらく、ふたりは子供の話をした。二の君の乳歯が抜けて大人の歯がほぼ生え揃ったこと。娘ふたりがどうも父に隠し事をしているらしいこと。一の君こと則長が髪を結うのを嫌がっていること。会っていなかったあいだの子供たちの姿がありありと思い浮かばれて、なき子は嬉しさと寂しさが同時に込み上げてくる。

「……あなた」

「うん？」

「子供たちを、可愛がってあげてくださいね」

則光は少しの躊躇《ためら》いもなく頷いた。そして逆に尋ねられた。

「そなたは、宮仕えが好きか？」

質問の真意が読み取れず、なき子が黙っていると則光は問いを重ねる。

「何故《なにゆえ》、この時期に中宮様のもとを離れて下がってきたのだ」

よもや訊かれるとは思っていなかった問いが、なき子の胸に突き刺さる。別に彼の言葉には棘《とげ》も揶揄《やゆ》もない。ただ、彼は尋ねただけだ。

「お止めになっただろう、中宮様は」

「……判ってはいるの、でも」

そこから先は、言葉には言い表せない。

大勢の男の前に、中宮の立場でありながらひとり立ちはだかり、身内の無実を訴えた定子。誰よりも早く泣き止み、すぐさま髪を削ぐ決意をした定子。

——その、眩《まばゆ》いまでの強さ。

お守りしなければならない方のほうが、自分よりずっと強く気丈《きじょう》に振る舞っている。己《おのれ》が強くないと見せつけられたときの無力感。いっそ、伊周のように定子が甘えてくれれば良かったのだ。そうしたら、こんな気持ちにならずに済んだ。一番つらいであろうときに、宿下がりしようなど。

自らが、主《あるじ》に必要とされているのかどうか、試すような真似《まね》を。

「ねえ、訊いても良い？」

「なんだ？」

「どうして、わたくしと別れたの？　どうして突然いなくなったの？」

今度は則光が黙り込む。

四人も彼の子を産んだ。そのたびに満面の笑みで、則光は喜んだ。それでも別れが来た。離れてしまった心は取り戻せない、と誰に教えられるでもなく本能で知っていたなき子は、追い縋《すが》ったりせず、そのうち子供たちを橘《たちばな》邸に連れてゆかれることになっても、何も言わなかった。

それなのに、ある日則光は再び現れて、宮仕えの話を持ってきたのだ。復縁しようという再度の妻問いかと少しだけ心をときめかせたなき子は、二度目の落胆を味わった。

「……きっと近いうち、なき子にも判るよ」

「判らないから訊いているのに」

薄く開けてある戸の外で、風が鳴いた。則光はそちらを見遣《みや》り、腰を上げる。

「また来るよ」

「ええ」

見送りはせず、彼が出てゆく背中をただ見つめる。

明日になったら、文《ふみ》が届くだろうか。昔のように。

そんな夢のようなことはなく、簀子には男の痕跡もなく、薄曇《うすぐも》りの朝はただ巡る。


宿下がりして五日ほど経ったころ、二条から文が届いた。大胆にも美しい文箱《ふばこ》ごと送りつけられてきたものをなき子は受け取り、蓋を開け、胸を詰まらせる。

中から漂ってきた香りは、定子の身につけているものだった。冬に咲く花のような凜とした香。その様子を、文を携えてきた男は御簾越しにじっと見ていた。

「二条の屋敷に、お戻りにはなりませんか」

右中将《みぎのちゅうじょう》と呼ばれている男だった。なき子も存在は知っている。本来は文遣いなどするような立場の男ではない。なき子が答えないでいると、彼は今二条邸で定子がどのように過ごしているかなど、訊きもしないのに話し始める。対の屋の雑草がすごい有様になっているとか、女房《にょうぼう》たちの衣が喪中にも拘《かかわ》らず華やかだとか、聞きたくないのに隅々まで聞いてしまう自分が腹立たしかった。

「用が済んだなら、お帰りくださいませ」

なき子は居《い》た堪《たま》れなくなって、棘のある声を出してしまった。男は素直に引き下がる。

今、この屋敷にはなき子しかいない。子供たちも橘の屋敷に帰り、古い侍女《じじょ》たちには暇《いとま》を出してしまった。なき子が帰ってきていることを知った近隣の人々が、宮中の様子を聞きたがって次々と訪れてくるので、孤独ではなかった。食にも困らなかった。

それでも、老いの足音と共に孤独は訪れる。なき子は定子からの文を恐る恐る開いた。

あなたがいなくて寂しい。面白くない。早く戻ってきて。

——そこにはなき子の望んだ言葉がすべて記されていた。けれど、明らかに定子の手蹟《て》ではない。誰が代筆したのだろう。

なき子は文机《ふづくえ》に向かい、墨を磨《す》った。筆を取り、返《かえし》を書こうとした。けれど何も言葉が浮かばなかった。

机に向かったまま数刻が過ぎ、夜の帳《とばり》が降りる。庭には虫が鳴き、雨の気配のない空には野犬の鳴き声が小さく響く。自ら夜具の支度をして、ひとりその上に寝転がった。枕元には、定子からの文を置く。かの人の匂いはとても気持ちの良いものなのに、ひとりの孤独をより深まらせた。

何を望んでいるのだろうか、自分は。

このまま定子のところに戻ることはないのだろうか。

目を閉じると、定子の姿が浮かんでくる。決してお傍を離れませぬと言ったはずなのに、今なき子は定子の傍にいない。

昨年のはじめ、原子が入内《じゅだい》したころ、登華殿に定子の家族が揃って談笑している麗《うるわ》しい光景を御簾越しになき子は覗き見ていた。勿論《もちろん》その場に道隆も伊周もいた。今でもなき子は彼らがどこに座していたか、何色の衣を纏《まと》っていたか、いかに暖かな刻《とき》が流れていたかをありありと思い出せる。

なのに。あそこにもう伊周はいない。道隆もいない。寒々とした空白になき子は道隆の享年、自分の十三年後を思う。

いなくなった自分を悼《いた》んでくれる人はいるのだろうか。

もし今、自分が死んだとして、定子は悲しんでくれるのか。

そこまで考えてなき子は敷妙《しきたえ》の上で半回転し、自らの肩に顔を埋めた。

寂しい。寂しい。寂しい。

美しいあの方のお傍に、恥じることなくいられるだけの強さが、ほしい。

それからも何通か、定子からの文が届いた。いつもほかの女の手蹟で、なき子は落胆と共に心の乾いてゆくのを感じた。

押しも引きもできぬ、誰かが引っ張り出してくれるのを待つだけの日が幾日かつづいたのち、あるとき文遣いではなく、女官《にょかん》の長女《おさめ》が文を届けにきた。宮中の女だ。顔は知っているが、何故《なぜ》この女が届けに来るのだ、となき子は若干不安になった。

それでもなき子は、汗で化粧の落ちてしまった女を曹司に上げ、冷水を振る舞う。

「中宮様からでございますが、宰相の君には御内密にと承《うけたまわ》りました」

一気に水を飲み干したあと、女は言った。そして文箱を開くか開かぬか迷っている様子のなき子を慮《おもんぱか》ったか、少しうしろに下がる。なき子は躊躇いながらも、その文を取り出した。

「……えっ？」

開いた斐紙《ひし》には、何も、ひとことも、記されていなかった。ただ、はらりと紙の間から山吹の花が床に落ちる。手に取り、その花びらを見ると、小さく文字の記されているのが見て取れる。

――言　は　で　思　ふ　ぞ

……わたくしの思いは、判っているのでしょう？

間違いなく、定子の手蹟である。なき子は思わず小さな花を胸に押し抱《いだ》いた。潰《つぶ》れぬよう、そっと。少し離れたところからなき子を見ていた長女は、しばらくして「お返事はいかがなされますか」と尋ねた。

返事など書かなくて良い。今すぐ、お傍へ参りたい。

そう思ったけれど、なき子は少し待ってと長女に請《こ》う。彼女は、近所での用事を済ませてから また来ると言い残し、屋敷を出て行った。

しかし結局なき子は返事を出せぬまま、長女を帰した。

——帰ろう。

文を書こうと机に向かっても、言葉が何も出てこなかった。言葉を送り返すよりも、顔を合わせて謝罪をしたかった。

翌日なき子は、子供たちに戻る旨《むね》を告げた。

「またですか」

次男は非難がましい声でなき子を詰《なじ》った。拗《す》ねているだけだろうが、心が痛む。半年前も、伊周の従者が花山法皇を射たという知らせの文が遣《つか》わされ、なき子は突然戻ったのだった。

「聞き分けろよ、お母様には大切な勤めがあるのだから」

拗ねてそっぽを向く次男を、長男が戒《いまし》める。若干掠れて低くなった声で。ますます心が痛くなる。長男であるというだけで、甘えることもままならなかった息子だ。聞き分けの良いのがむしろ悲しい。

「……ありがとう、則長」

なき子は長男の手を引き、腕を背に廻し抱きしめた。

「お母様⁉」

長男は慌てて腕を振り解《ほど》く。その顔は僅かに赤くなっていた。いくら憐れんでも、男に生まれた彼のさだめは変えられない。なき子は言った。

「立派に元服をお迎えなさいませ」

「……はい、お母様」

次男はもう何も言わなかった。


しばらくぶりに戻った二条邸では、晴れ渡った空の下で修繕《しゅうぜん》が始まっていた。心弛《ゆる》して、なき子は門をくぐる。踏み荒らされた花々も今はまたしぶとく花をつけていた。

僅か数日のことなのに、とてつもなく長い間、もがいていたように思える。数少ない従者に迎え入れられ、なき子は北の対へ向かう。清らかな遣水《やりみず》の音に混じって、遠くからでも女たちの喋《しゃべ》る声が聞こえてきた。

結局、誰ひとりとして定子のもとを去らなかった。定子のいないところでこっそりと勤めの愚痴《ぐち》をこぼし、早く屋敷を用意してくれる男が現れないかと毎日のように嘆いていた女でさえも。

「お帰りなさい、少納言」

　女たちの歌うような喋り声を、突っ立ったまま遠くに聞いていたなき子は、うしろから声を掛けられ身を竦《すく》めた。振り向くと、厳しい顔つきの宰相の君がいた。

「ずいぶんと長い宿下がりでしたこと」

「そんなことは……」

　ないはず、という最後の言葉は宰相の君に気圧《けお》されて声にならなかった。表情を崩さぬまま、宰相の君はなき子を詰った。

「そなたは愚《おろ》かだわ、少納言」

「…………」

「あのような気性《きしょう》でいらっしゃるお方様が、気に入らぬ者をお傍に置いておくわけがないでしょう。ただでさえわたくしは、お方様の一番のお気に入りという役回りをそなたに奪われているのに、そんな贅沢《ぜいたく》な立場にいるのに拗ねて出てゆくなんて、そなたはまるで聞き分けの悪い愚かな子供よ」

　宰相の君の言葉は先ほど別れてきた則長を思い出させた。さだめを受け入れ、ひとりで立っているしかない人だ。

「申し訳ございませんでした……」

「本当よ、早くお行きなさい」

最後まで宰相の君は笑みを見せず、踵《きびす》を返すと正殿のほうへと去っていった。

あの人は山井殿に心の中で別れを告げられたのだろうか、と凜としたうしろ姿を見つめる。山井殿が逝去《せいきょ》されたあとも、一度しか泣いたところを見なかった。

しばらくそこに佇《たたず》み、屋敷の修繕される音が空に吸い込まれてゆくのを聞く。そして足を進めた。


ただいま戻りました。お暇《ひま》をいただきありがとうございました。

そう言ってなき子は定子の眼前で深々と頭《こうべ》を垂《た》れた。定子は何も言わなかった。

しかし夜になって寝静まった局に、足音が聞こえる。今度は聞き慣れた足音だった。なき子は身体を起こし、来訪者を待つ。

「……朧月《おぼろづき》が綺麗《きれい》よ」

定子はそれだけ言って、また離れてゆく。慌てて立ち上がり、なき子はあとを追った。

簀子に出ると薄い膜《まく》の掛かった満月が、淡い七色の光を庭に降り注いでいた。大きな満月だった。定子は高欄《こうらん》に手を掛け、月を見上げている。なだらかで美しい曲線を描く鼻梁《びりょう》から頤《おとがい》にかけてを月が惜しげもなく照らす。短く削がれた髪だけが痛々しく、なき子はその姿にしばし目を奪われた。

虫の声が五月蠅《うるさ》いほどだった。しばらくののち、定子はなき子を振り返り、言った。

「宰相はずっとおまえを怒っていたわよ」

「はい。戻ってきたときに怒られました」

「わたくしも怒っていたわよ」

「…………」

でももう良いわ。と定子は溜息をつきながらその場にしゃがみ込んだ。なき子も傍に膝をつく。すると定子はすっと袖《そで》を持ち上げた。

「少納言、わたくしの手を握って」

「……はい」

おずおずとなき子はその手を取った。初めて触れたときと同じ手、しっとりと冷たく、柔かい。

「おまえは、出仕したときわたくしに『女が学をつけても良いことは何もないと言われるならば、良いことがあるようにすれば良い』と言ったわね。憶《おぼ》えているかしら？」

「憶えております」

「ずっと、忘れないで。わたくしも忘れないから」

わたくしたちは今、何もできない。関白にたばかられていると判っていても、抗議する術すらない。宮中から出られないのでは自らの手で真実を調べることもできない。けれどわたくしたちがずっとその心を忘れなければ、女が役に就ける御世がきっと来る。この悔しさを、のちの世の女は味わわなくて済むようになるだろう。そう、定子は言った。

「でも、わたくしひとりだけが願っているのでは、挫《くじ》けそうになるわ」

なき子の手を摑む定子の力が痛いくらいに強くなる。そんな痛みよりも定子の心の中に燻《くすぶ》る凄愴《せいそう》はどれほど大きいか。

「ねえ少納言、わたくしたちずっと一緒にいましょうね」

顔を上げ、まっすぐになき子を見つめ、定子は強く言った。

「どんなに恐ろしいことが待っていても、ずっと一緒にいましょうね。ふたり一緒なら、きっとなにも怖くないわ」

「……勿論でございます、お方様」

こんなに強く望まれていたというのに。何を不安に思っていたのか。愚かな子供と同じ、と吐き捨てるように言った宰相の君の言葉は真実だ。

涙が溢れた。

「お方様……」

「泣かないで。わたくしはもう涙も出ないの」

「申し訳ありませぬ……」

ざあっ、と音をたてて強い風が吹きぬける。風は短くなった定子の髪を舞い上げ、なき子の濡れた頰を撫でた。

＊

穏やかな、そして静かな戦いの日々が粛々《しゅくしゅく》と始まると思っていた。しかしなき子が二条邸に戻った翌日、屋敷は失火により炎上した。幸い誰も巻き込まれなかったが、焼け落ちてゆく自らの生家を眺《なが》め、定子はもう出ないはずの涙を再び溢れさせた。

お願い壊さないで、お願い。

検非違使に放った悲痛な叫びがなき子の脳裏《のうり》に蘇る。定子が身を挺《てい》して守ろうとした屋敷は灰燼《かいじん》と化し、出家したために内裏に戻ることもできない定子は、左中弁高階明順《さちゅうべんたかしなあきのぶ》の屋敷に身を寄せることになる。

そして内裏にはとうとう、一条天皇の妻となるほかの女が入内した。藤原義子《ぎし》と藤原元子《げんし》、右大臣および大納言の子女である。入内後すぐに女御宣下《にょうごせんげ》され、後宮にそれぞれの殿舎を与えられた。しかし定子は知らせを聞いてもことのほか落ち着いていた。

「男子でありますよう」

定子は、日に日に増してゆく腹を撫で、毎日唱《とな》えた。

高階邸に移ったあと、急に腹が膨《ふく》らんできたのである。月のさわりの有無《うむ》に気づかなかった定子も相当だが、物忌《ものい》みのないことを誰も疑問に思わなかったのがおかしい。それほど、あのときは皆がほかの騒ぎに気を取られていた。

――どうか、男子でありますよう。

定子に仕えるすべての女が、心から願っていた。

伊周は五月に離京し播磨《はりま》に置かれたのち、年の瀬、太宰府《だざいふ》へ護送された。そして同じころ、定子は初めての子を産んだ。初産《ういざん》の苦しみを忘れかけていたなき子は、悲痛な呻き声を上げて苦しむ定子を、ただ見守るしかなかった。

生まれた子は、姫であった。

外は雪荒れ、凍てつく寒さに閉ざされた曹司の中で泣き叫ぶ赤子を、定子は自らも泣きながら抱いた。

生まれた子に罪はない。

作り物のように小さな赤子の手が、少し伸びた定子の髪に絡《から》まる。定子はその手から髪を解き、赤く柔かな手を自らの手で包み込み、請うた。

「赦してね……」

世継《よつぎ》となれない赤子は何を求めるのか、ただ泣きつづけた。

四　職御曹司

だいぶ前の御仏名《おぶつみよう》の昼下がり、主上《おかみ》が戯《たわむ》れに古びた地獄絵の御屏風《みびようぶ》を、定子を交えて登華殿《とうかでん》の女房《にようぼう》たちに見せたことがある。普段女たちは自《みずか》ら進んでそんなものは見ない。清涼殿《せいりようでん》の庇《ひさし》の間《ま》に並べられた御屏風は、目玉の飛び出した餓鬼《がき》だの鬼だのが血の池に溺《おぼ》れる様子が描かれ、気の弱い女だったら気を失うのではないかと思うほど恐ろしいものだった。

まだ子供と見違《みまご》う幼い主上は、女たちが揃《そろ》って気味悪がるのを面白そうに笑いながら見ていた。周りの女たちが大げさに怖がるので、実はそんなに怖くないと思っていたなき子も彼女らに倣《なら》い、腰を引かせて怖がったのだった。たしかにその絵図は不気味で、夜中、ひとりの局《つぼね》で灯台《とうだい》の明かりに照らして見るなどしたら、怖くて眠れなくなっただろう。ただ、昼間まだ明るい中、本気で恐ろしがるにはなき子は年を取りすぎていた。

隅のほうで震える女たちを見て笑っている主上を優しく諫《いさ》めたのは、他でもない定子《ていし》だった。

わたくしたちがひとりで眠れなくなったら、主上が皆の閨《ねや》に通ってくださるんですの？

主上は少年らしく顔を赤らめ、黙りこくった。御屏風は御仏名のたび清涼殿に飾られるが、女たちはそれ以来見ていない。

あの日は朝から庭を雨が濡らしていた。日の暮れたのち、松明《たいまつ》に火が入ったあと昼間の詫《わ》びのつもりか、殿上人《てんじょうびと》を集めて管弦《かんげん》の催《もよお》しが開かれた。

箏《そう》、横笛、笙《しょう》の交じり合う音がささめやかな雨の中に響き、女たちはうっとりと耳を傾けた。御簾《みす》越しにも、彼らの奏《かな》でる音色、そして装《よそお》いに寿命が延びる心地がした。

その場には伊周《これちか》もいたのだった。合奏が終わったのち、白楽天《はくらくてん》の詩の一節を諳《そら》んじた伊周の声を、今でも憶《おぼ》えている。


——琵琶《びわ》、声やんで、物語《ものがたり》せんとすること遅し。

遠い異国の、果てまでつづく辺境の荒野、闇《やみ》に響き混沌《こんとん》へと呑《の》み込まれる悲しく美しい琵琶の音色。誰が弾いているのか、彷徨《さまよ》う男が空に声を掛ければ音色は止《や》み、答えもなく辺《あた》りはひたすらの静寂《せいじゃく》が覆《おお》う。

物語せんとすること遅し。

声は憶えている。話の結びも知っている。けれどそのときに始まった物語を、なき子は憶えていなかった。

＊

定子の産んだ女の赤子は年明け二月に無事五十日を迎え、すくすくと育っていった。産んだ直後には男の子供ではなかったことに愕然《がくぜん》としていた定子も、日々《ひび》刻々《こっこく》と人のかたちになってゆく赤子を見て、母親の顔をして微笑《ほほえ》むようになった。

赤子は脩子《しゅうし》と名付けられた。名付けたのは主上ではなく定子である。

落飾《らくしょく》の身である定子が、内裏《だいり》に戻ることはない。従って脩子は内親王《ないしんのう》として扱われずただ、定子の子、というだけの存在である。髪を落とした時点で覚悟を決めた定子は、実際に乳母《めのと》をつけず地下《じげ》の女と同じように自ら赤子に乳を与えた。出産の覚えのあるなき子が、抱き方やあやし方など、まだ年若い定子にあれこれと教えた。

「不思議だわ」

腕の中で音もたてず眠り込む脩子を見つめ、定子は呟《つぶや》く。

「何がでございますか」

「こんな小さなものが、数年後にはわたくしくらいの大きさになるのよね」

「さぞお美しい姫になりますでしょう」

なき子の言葉に、周りにいた女たち皆が頷《うなず》く。

定子と女房たちは未《いま》だ高階《たかしな》邸に滞在していた。蔀戸《しとみど》を開け放した外に見える対《たい》の屋《や》の庭は、すでに雪も融け花の気配がある。衣替《ころもが》えも済み、女たちの居住する房《へや》の中は春めいていた。

中宮様《ちゅうぐう》、という国の頂《いただき》に御《ぎょ》する女人《にょにん》を迎えた高階邸の人々は皆、定子を敬《うやま》い女房たちの扱いもそれに準じていた。どれだけ困窮《こんきゅう》するだろうか、と自らが夫を失ったあとの暮らしを思い憂《うれ》えていたなき子はいささか気が抜けた。父親、それに夫という二本柱を失いながらも内裏にいたときと同じように華やかな生活の営める、これが藤原北家《ふじわらほっけ》の底力かと、自身の今までの境遇をやや憐《あわ》れに思った。

ただし、焼け野と化した二条《にじょう》邸の再建はならなかった。親も兄も失った定子には自由にできる財がなく、高階邸の西の対に留《とど》まりつづけるしかなかった。

「こうして皆でまた春を迎えられるのは、嬉しゅうございますわね」

なき子の隣で宰相《さいしょう》の君《きみ》が言う。いつまでもうしろを向いていては生きてゆけぬと叱咤《しった》されたように思え、なき子は何も答えられなかった。宿下がりから戻ってきた夜、定子はなき子に訴えた。

この悔しさを忘れなければいずれ女が男を頼らずとも生きてゆけるときが来る。

――けれど今、定子は何もできない。ただ、ぐずる赤子をあやし、ゆくすえを案じるだけだ。

三月を過ぎたころ、邸《やしき》に客があった。あらかじめ来訪する旨《むね》を知らせる文《ふみ》を受けていた定子たちは、喜んで彼女らを迎え入れた。訪ねてきたのは原子《げんし》である。里下がりを願っても赦《ゆる》しがあるまで宮中から出られない身だ。久方ぶりに姉の顔を見た原子は、ほっと頰《ほお》を綻《ほころ》ばせた。

昨年の夏、姉妹は父親を喪《うしな》った。そして定子が脩子を産む直前に、姉妹の母親である高内侍《こうのないし》が身罷《みまか》っていた。定子のもとには、高内侍の死後、その事実が伝えられたのだった。生まれる命と引き換えにか、となき子は知らされた死に泣き崩れる定子を見て思った。

姉妹はすでに英気を取り戻し、原子は昨年末に入内《じゅだい》したふたりの女御《にょうご》をどのようにしていびり倒そうかという相談の文を時おりなき子に送ってきていた。定子は一刻ごとに泣き出す赤子に乳を与えなければならず、悲しみに暮れているどころではなくなっていた。

麗《うら》らかに花の咲く庭を眺《なが》めながらの席を設《もう》ける。女たちはひらひらと舞う蝶《ちょう》の姿にはしゃぎ、互いの手を取り庭に下りる。清《さや》かな遣水《やりみず》の流れる中、鶯《うぐいす》が軽やかな嬌声《きょうせい》に応えるように囀《さえず》っていた。

「お姉様、きっとそのうち宮中から遣《つか》いが来るでしょうけれど、我慢できないのでお教えいたしますわ」

悪戯《いたずら》を隠しきれぬ子供のような顔をして原子は言った。定子はそんな妹を笑い、尋《たず》ねる。

「なあに、そんなに面白いこと？」

「お兄様たち、戻って参られますわよ」

「えっ？」

定子の驚きと共に、傍《かたわ》らに侍《はべ》っていたなき子の心臓も跳《は》ね上がった。そんななき子らを余所《よそ》に、原子は満足げにつづけた。

「わたくしも昨晩、春宮様《はるのみや》に伺《うかが》って初めて知りましたの。恩赦《おんしゃ》が下りたのですって」

「そう……」

安堵《あんど》したように笑っていても、定子の表情はどこか不自然だった。その心中を慮《おもんばか》る。おそらく定子はなき子と同じことを思っているであろう。

伊周は逃れたいと思っていたはずだ。あの煩《わずら》わしい朝廷から。謂《いわ》れのない嫌疑《けんぎ》をかけられ、弁明する余地もなく捕らえられ、咎人《とがにん》と見なされた昨年の初夏。あれからもう少しで一年だ。

醍醐《だいご》天皇の御世、菅原道真《すがわらのみちざね》が帝《みかど》に厭《いと》われ、伊周と同じようにして太宰府《だざいふ》に流された。そのときも、陰には藤原北家、時平《ときひら》の動きがあった。道真は生涯を太宰府で過ごし、怨霊《おんりよう》となって京《きよう》へ舞い戻ってきたというが、そのときなき子は生まれていないので、どれほどの災《わざわい》があったのかは判《わか》らない。

伊周その人は恩赦を、京へ戻ることを望んでいるのだろうか。怨霊と化してでも戻ってきたいと思うほどに。

原子が内裏へ戻るのは、暦《こよみ》の都合、だいぶ先である。それまでは姉妹が一緒に過ごせる。脩子の小さく愛くるしい姿に原子は声を上げ、一度抱いたらしばらく離そうとしなかった。乳を欲しがって泣く赤子に、己《おのれ》の乳の張っていないことをくやしがった。

夜になって姉妹は同じ曹司《ぞうし》に床《とこ》を並べる。女房たちが局を構《かま》える庇の間までも、長いこと話し声が聞こえていた。

原子の来訪からひと月余りして、彼女の知らせはまことになった。

昨年、なき子がもう二度と会えないと覚悟をした伊周は四月の終わり、木々がすっかり新葉を茂らせたころ京に戻った。戻ったという知らせを受けてから十日ほどののち、彼は高階邸を訪れた。

辛労《しんろう》か、海を渡っての長旅によるものか、昨年よりも更《さら》に頬は削《そ》げ、真新しい直衣《のうし》姿の袖《そで》から覗《のぞ》く腕《うで》もごつごつと骨ばっていた。しかしその表情は案じていたよりも朗《ほが》らかで、御簾を巻き上げたのち定子はほっと安堵の息を吐く。

対して、伊周は視界に露《あらわ》になった定子の姿を見て息を呑んだ。

「……お髪《ぐし》が、中宮様」

肩の近くまで短く削いだ髪は、たかだか一年では元に戻らない。捕らえられていた伊周は定子の剃髪《ていはつ》を知らなかった。

「中宮様とお呼びにならないで。尼《あま》となった身では、もう内裏に戻れませぬ」

定子の答えに、伊周は床《ゆか》に平伏《へいふく》した。

「お赦しを、……わたしのせいで」

「お兄様のせいなどではございませぬ、わたくしが勝手にしたことですわ」

それでも伊周は、済まない、と繰り返しいつまでも面《おもて》を上げない。定子の目配せで宰相の君が伊周の腕に手を掛け、もうよろしいのです、と諭《さと》す。

「しかし……」

僅《わず》かに上げた面には涙の筋があった。そのとき、近くの中納言の君の抱えていた脩子がぐずり始め、定子はすぐさま腰を上げる。最近は女たちも、脩子が何を欲《ほっ》しているのか泣き声で判るようになっていた。今は乳を欲しがっている。

「少しお待ちくださいませね、お兄様」

いそいそと赤子を受け取り、定子は几帳《きちよう》の陰へと消えていった。そのうしろ姿を見送った伊周の目からは涙が消える。

「乳母をつけていらっしゃらないのか」

濡れた目を大きく見開き、思わずといった様子で宰相の君に尋ねる。

「左様《さよう》でございます。ここは宮中ではございませぬゆえ」

「それでも」

「お方様《かたさま》が望まれてのことですのよ」

勘繰《かんぐ》るようにして伊周はほかの女たちを見回したが、なき子も含めた皆が頷き、渋々《しぶしぶ》ながら納得した。

「そんなことよりも大納言様《だいなごん》、太宰府はいかなところでございましたの？」

おそらくずっと訊《き》きたかったのであろう、どこかからうずうずとした感じの声が上がった。

伊周は苦笑し、女を見る。

「そなたこそ、大納言様はよしてくれ。もうそのような立場ではないのだから」

そう言ってから伊周は少し考え込み、「侘《わび》しいところだった」と答えた。水を打ったように女たちの笑い声が消える。京から、更に言えば日常内裏から出ることのない女たちにとって、侘しい、という言葉がどのような様子を指すのか判らない。

「けれど、わたしにとっては良いところだったよ。何もかもが静かで、京《みやこ》の喧騒《けんそう》など嘘のようで」

伊周は目を伏せ、少しのあいだ沈黙したが思い出したように尋ねた。

「……そなたたちはどうしていたのだ？　少納言《しょうなごん》、草子《そうし》は綴《つづ》りつづけているか？」

いきなり名指しで訊かれ、なき子は驚きつつも頷く。

「あとでお持ちいたしましょう。もうだいぶ溜《た》まりましたのよ」

「それは良かった。わたしへの思慕《しぼ》もそれほど溜まってくれていれば嬉しいのだが」

おどけた声に、安堵の笑い声が聞こえた。なき子はぎこちなくしか、笑えなかった。

恋ではない、と自身に言い聞かせなき子は息を鎮《しず》めようとした。二度と会えぬと思っていた男との再会は、予想していたほどなき子の心を動かさなかった。しかし夜になり暗い局の中で敷妙《しきたえ》に身を横たえた途端、呼気《こき》が苦しくなった。皆の前で気持ちが溢《あふ》れぬよう、昼間は自《おの》ずと心に蓋《ふた》を被《かぶ》せていたのかもしれない。

高階邸に、伊周は泊まらなかった。定子は散々引き止めたが、向かわねばならぬところがあると言って、夕刻になる前に出て行った。

どこへゆくのか、誰のところにゆくのか。訊こうとしたができなかった。花山法皇に矢を射たと吹聴された現場は、伊周の通う女の屋敷《やしき》だった。それ以外の女をなき子は知らない。けれどほかにも通う女は大勢いるであろうという想察はできる。なき子や定子以上に彼の流罪《るざい》に泣き、その帰りを死ぬほど待ちわびていた女たちもいるだろう。

なき子のしたためた草子を、伊周は嬉しそうに手に取り、そのうちの一冊を持ち帰りたいと望んだ。ちょうど彼がいなくなってからこちらのもので、塞《ふさ》ぎがちな女たちの気持ちを少しでも明るいものにしようと、なき子が宮中を思い返し、その華やかだった生活を記《しる》したものだ。女房たちはこぞって読みたがり、自身で用意した草子に書き写していた者も少なくない。

どうせ徒然《つれづれ》のものだ。なき子の筆の隅々まで染み込んだ草子を、そのまま女の代わりに胸に抱いて寝てくれれば良いのに、となき子は枕に顔を伏せる。

愛しいとは思う。けれど恋ではない。認めれば辛くなるだけなのは判っている。

翌朝、寝不足のまま目覚め、ひどい顔だと宰相の君に詰《なじ》られた。脩子の泣き声はいつもと変わらずけたたましく、その喧騒に、昨晩感じた苦しみに似た哀切《あいせつ》は自然と薄れていった。


この年も長雨だった。

朝、目覚めの掛け声が聞こえたあとに下仕《しもづかえ》たちが蔀戸を上げにくる。薄ぼんやりとした鈍い光が曹司に射し込むのと共に、雨が簀子《すのこ》を叩く音がこちらまで聞こえてくると、すでに身支度を調《ととの》えた女たちの口からは溜息《ためいき》が漏れた。梅雨《つゆ》は心の中までひたひたと滲《し》みる。

ときおり雨の中、文遣《ふみづか》いに遣《や》られた蔵人《くろうど》がやってきて主上から定子あての文が届いた。それを受け取った定子は几帳の奥に姿を消し、自らの手でもって返《かえし》を書く。なき子にも、宰相の君にも、もちろんほかの女房たちにもその文を見せることはなかった。

顔は見知っていたが、この館《やかた》に来るのは初めての文遣いの蔵人は、定子が返事を書き終わるまで、屋敷で待つことになる。なき子は男に褥《しとね》を差し出し、その上に座して待つよう促《うなが》した。

「こんな雨の日ですし、汚れてしまうので」

「洗足《せんぞく》にはなりましょうぞ」

なき子が答えると、男は笑い、今度は躊躇《ためら》いなく上に腰を下ろした。そして声を潜《ひそ》め、問うた。

「中宮様はまだ内裏にお戻りにはならないのですか」

「落飾の御身にあらせられますゆえ」

「このままでは主上のお心も、ほかの女御様のお心も壊れてしまいますぞ」

蔵人の男は意味深《いみしん》な様子でなおも言う。

ここに来てからはなるべく、定子の前では内裏の話をしないようにしていた。定子も意図的に避けているような気がする。主上と定子のあいだに何がおきているのか、この館の誰もが知らないため、なき子は蔵人に詳細を教えてくれるよう頼んだ。

定子が内裏を離れたのちふたりの女が入内し、女御の位《くらい》を得ている。これは当たり前のことながら一条天皇の意思ではない。ふたりを宮中に送り込んだ男たちは、定子の不在を喜び、この隙《すき》に女たちが皇子《みこ》を宿すのを待っている。

しかし主上はそれまでひたすら定子を姉のように母のように慕《した》い、夫婦としての関係を育《はぐく》んでいた。定子が内裏からいなくなったのちの取り乱しようは蔵人たちの手に余り、入内してすぐの数日間以降、ほかのふたりの女御を夜御殿に召《め》すこともないのだという。女たちに懐胎《かいたい》の兆候《ちょうこう》も見られない。

「中宮様からの文もつれないものばかりだと、主上はお嘆きです」

「そうでしたか……」

袖の中でなき子は指先を握った。その後、蔵人の男はいくぶんかすっきりした顔をして、宮中の噂話《うわさばなし》などをとりとめもなく話した。中には則光《のりみつ》の話もあり、なき子は懐かしく思い微笑《ほほえ》んだ。

庭の雨音の少し遠退《とおの》いたころ、定子の側《そば》に控えていた宰相の君が曹司に現れ、文箱《ふばこ》を差し出した。そして険《けん》のある声で蔵人に問うた。

「蔵人殿。今までの文は確実に主上のお手元へ届いているのでしょうか」

よく見ると表情も硬く、いつものような落ち着きがない。

どういうことだ、となき子は首を傾《かし》げた。蔵人も同じように解《げ》せぬ顔をして「何故《なにゆえ》でしょう」と尋ねる。

「今までの文は、内侍《ないし》の司《つかさ》のいずれかの女に渡されていたのではありませぬか」

「左様でございますが、何か……」

あ、と、なき子と蔵人は同時に声を詰まらせた。

「あなた様が遣いにいらっしゃるのは本日が初めてでございましょう。それは何故《なにゆえ》にございますか。主上から、直接文を受け取られたのではありませぬか」

「いいえ、橘則光《たちばなののりみつ》殿から……」

宰相の君は少し考えたのち、それが誰なのかを思い出したらしく言葉をつづけた。

「中宮様の文は、主上に届いてはいなかったのです。内侍の誰かが書き換えたものを届けていた。そして主上からの文も、その内侍と通ずる誰かが書き換えていた。本日蔵人殿が届けてくださった文は、間違うことなく主上の手蹟《て》によるものでございました。しかし、これまで中宮様のお書きになった文とは」

嚙み合うところがなかった。意味不明の文が届き、定子はひどく戸惑《とまど》ったのだという。

「あなた様は六位の蔵人。殿上に上がることはできないでしょう。この文は内侍の女官ではなく必ず、同じ蔵人の則光殿にお渡しください。少納言の夫ならば間違いございませぬ」

血の気の引いた顔の蔵人は頷き、宰相の君の手から文箱を受け取る。

小雨《こさめ》の降る中、男は急ぎ足で館をあとにした。

本来、あってはならないことがおきた。文の代筆は恋文においてしばしば行われているが、主上と中宮の文を意図的に誰かが書き換えるなど、前代未聞《ぜんだいみもん》だ。

宰相の君は、藤原道長《みちなが》の差し金だと言う。それはなき子も同意した。道長の娘はまだ幼く入内することができない。道長の一類としてはそのあいだに定子を排除しなければならない。都合よく定子が落飾したため、本気で主上との仲を引き裂こうとしているのだ。

「誰が代筆したのかは探しても無駄でしょう。もし明るみに出たとしても、あの大臣《おとど》ならば皆に知られる前に毒を盛るでしょうし、すぐにほかの女を手懐《てなず》けるでしょうから」

夜になって呼ばれた宰相の君の局で、なき子は彼女の言い分に頷く。

「今までの主上からの文は、もう中宮様には未練がないというようなことが書かれていたそうよ。わたくしたちにお見せにならなかったのは、必要以上にわたくしたちを動揺させたくなかったから、とおっしゃっていたわ」

「……そうではないでしょうね」

「そうね。誇り高いお方だから」

宮中であれほど仲睦《なかむつ》まじかった主上の、心変わりを知られたくなかっただけだろうと思う。

おそらく主上宛ての偽《にせ》の文にも、定子がすでに主上に思慕などしていないということが書かれていた。だから、昼間の蔵人が言ったように主上は取り乱していたのだ。

「中宮様は今日の文に、相変わらず主上を思っていらっしゃると書かれていたわ。そなたの夫が間違いなく主上に手渡してくだされば良いのだけど」

「あの、宰相の君。……則光とはもう夜離《よが》れを迎えておりますので」

夫ではないのです、という否定は宰相の君の声で遮《さえぎ》られた。

「知っています。けれど一度でもそなたに妻問《つまど》いしたような物好きな男ならば、信頼はできるわ。男なら誰だって自分よりも頭の悪い女を妻にしたいと思うものでしょう」

「…………」

そうですけど。むっとするよりも笑ってしまった。そして宰相の君も、不敵な笑みを浮かべながら、熱っぽくつづけた。

「いくら大臣が政《まつりごと》を掌握《しょうあく》しているのだとしても、主上のお望みをいつまでも突っぱねるわけにはいかないわ。今日の返文《かえしぶみ》によって、ふたりの文がすり替えられていたことに主上もお気づきになります。近いうち、中宮様は再び入内されますでしょうよ」

「……宰相の君、どこか浮かれていらっしゃいません？」

「当然でしょう。文をすり替えさせていたのが道長だと主上のお耳に入れば、北家は取り潰《つぶ》しになるかもしれないのよ。わたくしたちが何もせずとも、あの男自らが潰れてくれるのよ」

とうとう道長呼ばわりだ。これまでの一連のできごとで、そうとう腹に据《す》えかねているものがあったのだろう。なき子もそれは同じことだが、これほどはっきりと憎しみを口に出す宰相の君を見たのは初めてだった。

もし彼女の言うことが真実になったなら、また宮中で過ごせる。

出会ったときの忘れがたき花のように微笑む定子と、悩みなどなく夢のような毎日を。


やがて宰相の君の言葉は半分だけ真実となった。

定子に再度入内するよう勅《ちょく》がおりたのだ。これは一度落飾した身分の女に対する処遇として異例である。しかし主上自らの勅には如何なる者も逆らうことができない。道長でさえも、抑止はできぬ。

高階邸に宮中からの遣いが大勢訪れ、小路界隈《こうじかいわい》はちょっとした騒ぎになった。

入内と言っても、定子が戻る先は禁裏《きんり》の登華殿ではなく、大内裏に構えられた中宮職の御座所、職御曹司《しきのみぞうし》であることが伝えられる。道長と主上の折り合いのついた場所が、そこなのだろう。大内裏の中といえど、内裏の清涼殿から離れた職御曹司ならば主上のお召しは叶《かな》わない。陰陽寮《おんみようりよう》の者たちを手懐ければ、日が悪いだの方角がまずいだのあらゆる理由をつけ、主上が御座所から出られないように、職御曹司から遠ざけておくことも可能だ。

宰相の君は、面白くなさそうにその旨を聞いていた。

定子が宮中に戻れるのはたしかだ。しかし彼女が望んでいたとおりにはならなかった。偽の文に関してはなんの言及もなく、道長が素早く揉《も》み消したことが窺《うかが》える。主上と定子の仲を嫉《しっ》妬《と》した誰かが勝手にやったのだ、などという理由でもつけたのだろう。

「……面白くないわ」

遣いの姿が見えなくなったあと、なき子の局にやってきた宰相の君が不貞腐《ふてくさ》れた顔で呟いた。

「お顔に書いてございますわ」

なき子の言葉に動じることもなく、宰相の君はしゃがみ込んで脇息《きようそく》に凭《もた》れ溜息をつく。そしてふと「わたくしたちで調べることはできないかしら」と思いついたように言った。即座に無理だと否定しようとしたが、同時になき子はいつかの定子の言葉を思い出す。

——わたくしたちは今、何もできない。関白にたばかられていると判っていても、抗議する術《すべ》すらない。宮中から出られないのでは自らの手で真実を調べることもできない。けれどわたくしたちがずっとその心を忘れなければ、女が役に就《つ》ける御世がきっと来る。

あのときの定子のきっぱりとした言葉は、なき子の望みでもあった。やってできないことはない。おそらく。蔵人には信頼を置ける則光もいる。

「……調べましょう」

「少納言？」

返答を受け、意外そうに宰相の君はなき子に向き直った。

「わたくしたちが大臣にたばかられるのはおそらくこれで二度目。三たびはないと大臣にも思い知らせなければ、この先も中宮様がお辛《つら》い思いをされるだけですわ」

宰相の君は瞬《まばた》きひとつののちに頷き、落ち着けとばかりに袖の上からなき子の手をぎゅっと握った。語気が荒くなっていたことに、それで気づく。

「中宮様には秘密よ？」

「判っております」

定子は捨て置けと言うだろう。心の中で謝罪しながらも、なき子は宰相の君の瞳《ひとみ》を見返した。

日夜は過ぎゆき、定子の入内の日がやってくる。

淡い曇《くも》り空だった。内裏からの迎えが庭に控える。短い髪にそぐわぬ緋色《ひいろ》が鮮やかな袿《うちき》を纏《まと》い、定子はゆっくりと裾《すそ》を曳《ひ》きながら階《きざはし》を下った。高階邸の家人たちは名残《なごり》惜しげな表情でそれを見送る。

あの火事からこちら、まともに外へ出ていなかった定子は、眩《まぶ》しそうに空を仰《あお》ぐ。そして家《か》人《じん》たちを向き直り、緩《ゆる》く微笑んだ。

「世話になりました。感謝します」

その姿を見て、なき子は涙が出そうになった。きちんと背筋が伸びていた。

女房たちは数人に分かれて車へ、定子は輿《こし》へと乗り込み、高階邸を出た列が長々と、ゆっくりと、熱と湿気を帯びた六月の朱雀大路《すざくおおじ》を上った。


長らく人の滞在のなかった職御曹司は、定子を迎えるにあたり隅々まで掃部《かもん》の手が入り、女房たちは整えられた曹司にほっと安堵の息を漏らす。そして深く息を吸う。開け放たれた戸の外に派手に装った公卿《くぎょう》たちの姿を見て、大内裏に戻れたことを口々に喜び合った。退朝する公卿たちも定子とその女房たちの帰還を待ちわびていたらしく、わざわざ職御曹司の近くまで足を運んで遠巻きに様子を見ているのが判る。

「少納言、あの話は」

女たちの華やいだ声に紛《まぎ》れ、背後から宰相の君の声が聞こえた。

「はい。事前に文を宛てております」

宰相の君と話し合った結果、犯人探しはふたりだけで行うことに決めた。ほかならぬ定子の女房たちだが、もし口の軽いのがひとりでもいて道長に話が伝わってしまった場合、こちらの立場が危《あや》うくなる。あらぬ嫌疑を掛けられて再び大内裏から追い出されるおそれもあろう。調べる、といっても通常殿舎《でんしゃ》から出ることのできぬ女たちにとって、自らの手でもって行うことは困難だった。ゆえに則光を使えと宰相の君は言った。なき子ももとよりそのつもりであった。

夜は定子をはじめ女たちは疲労のため、早くに床に就いた。

翌朝、宿直《とのい》を終えた則光が退朝する際、職御曹司の簀子になき子へ宛てた文を置いていった。ほかの女房たちがまだ小さな鼾《いびき》をかいている最中、なき子はその物音に気づき、薄ぼんやりと明けてきた暁《あかつき》の空の下で懸紙《かけがみ》を剝《む》く。

紛れもなく則光本人の手蹟にて書かれていた事実に、文を開いたなき子の手は戦慄《わなな》いた。

――そなたと同じように、群を抜いて賢《さか》しい女がいる。今は関白殿に雇われ、いずれ入内するであろう関白殿の娘の女房として娘に歌や漢詩を教えている。才長《さいた》けた中宮様の文を代筆できるような女はおそらく、そなたかその女しかいないであろう。職御曹司に戻ったからといって油断するな。後《うし》ろ盾《だて》を失った中宮様をお守りできるのは、そなたら女房だけだ。もし今後中宮様に男子がお生まれになったら、必ず全力でお守りしろ。

急いでいたのか、あまり綺麗ではない文字がより焦燥《しょうそう》を煽《あお》る。定子が主上の傍を離れているあいだ、朝廷ではどれほど大きな変化があったのだろうか。彼女の父の死後、刻《とき》は恐ろしく早く流れた気もするし、緩やかだった気もする。けれど、確実に定子に与えられた居場所は狭《せば》められている。

少ししてから、宰相の君が起きてきた。年のせいなのか、なき子と宰相の君は起きるのがほかの女房たちよりも早い。慌《あわ》てていたため開けっ放しになっていた妻戸《つまど》の向こうに彼女の姿を認め、なき子は小さく名を呼んだ。

「御覧くださいませ。則光から早速の知らせがございましたわ」

そう言ってまだ浮腫《むく》んだ顔のままの宰相の君に、文を差し出した。宰相の君は無言で文を手に取り、目を走らせる。最初は半開きだった目が次第にはっきりと開いてゆくのが見て取れた。眉間《みけん》に皺《しわ》が寄ったあと、低い声が尋ねる。

「……誰なの、この女は」

「存じませぬ」

そして、その女が代筆をしたのかの事実も判らない。あくまでもこれは則光の憶測《おくそく》でしかない。

たしか道長の娘はまだ少女だった。はっきりと姿を見たことはないが、宮中で行われる祭事には女車《おんなぐるま》の御簾の中から見物をしている。車の中で娘に寄り添うその女の姿を想像しようにも、年のころも判らないため、悔しいことに自分の顔にしかならなかった。

その日、脩子に乳母をつけるようにと道長からの言いつけがあった。

定子は呑気《のんき》に頷いていたが、なき子と宰相の君は主を諫め、どうにか断るように言いくるめようとした。昨日の今日だ。

「登華殿にすら入ることができぬ今、大臣のお言いつけなど聞く必要はございませぬ」

「でも、せっかく戻ってこられたのに……」

脩子の夜泣きに悩まされていた不満顔の定子は、しかしながらふたりの女にさんざん言われ、渋々と乳母の申し出を断った。

全力でお守りしろ。

それはなき子の望みでもあるが、則光の言葉は大きな石のように心を重くした。


——職御曹司におはしますころ、木立《こだち》などの遥かにもの古《ふ》り、屋《や》のさまも高うけ遠けれど、すずろにをかしうおぼゆ。

則光からの文はあれ以降ない。手持ち無沙汰《ぶさた》のなき子は久々に草子を開き、筆をなぞった。少し書いて、すぐに手を止めた。そして外を見遣《みや》る。

秋とはいえ日差しは強く、庭を白く照らし出す。昼間の女たちは皆だらだらと己《おの》が局で好き勝手していた。

この職御曹司の母屋《もや》には鬼が出るという言い伝えがある。従って定子の御帳台《みちょうだい》は母屋ではなく南庇《みなみびさし》に設《しつら》えられ、女房たちの局は孫庇に整えられている。すぐ隣が庭へとつづく簀子のため、南庇の局では外からの風を直《じか》に感じられるが、昼間ともなればぐったりするような熱風しか入ってこない。

母屋には鬼がいる。誰も鬼の姿を実際に見たことはない。しかしいつか主上が面白がって女たちに見せた地獄絵の御屛風には、たしか鬼の絵も描かれていた。あんなものが壁代《かべしろ》を隔《へだ》てた隣に棲《す》みついているのだとしたら、呑気に鼾をかきながら昼寝をしている女たちはそうとう肝《きも》が据わっている。

退朝の時刻になり、遠くから牛車《ぎっしゃ》の前駆《ぜんぐ》の声が聞こえてくる。そうすると女たちは再び活発になる。退屈な職御曹司の生活で、今女たちが楽しみにしているのは、聞こえてくる前駆の声でその主を当てるという遊びだ。意見が割れると女孺《にょじゅ》に確認に行かせ、正解を皆に教えさせる。この遊びには定子も加わり、誰よりも当てていた。

なき子は女たちの楽しそうな様子をそのまま草子に書き記そうとした。もし伊周が訪れたら、読んでほしいと思った。定子の剃髪を自らの責任と受け止め沈痛な顔をしていた男に、あなたの妹は立ち直っているのだ、宮中で何事もなく過ごしているのだと、伝えたかった。

嬌声をやや遠くに聞きながら、ふとうしろを振り返ると宰相の君が膝《ひざ》立ちになって草子を覗き込んでいる。

「……近衛《このえ》の御門《みかど》より左衛門《さえもん》の陣《じん》にまいりたもう上達部《かんだちめ》の前駆ども、殿上人のは、短ければ……」

声に出して読み上げられると少し恥ずかしい。短ければ、のあとはまだ綴っていなかった。

しばらく黙っていた宰相の君はふと、「明朝は有明月《ありあけづき》ね」と言った。

「ええ」

「月見の宴《うたげ》をいたしましょうか。夜通し、皆で」

「はい？」

伊周様にお見せするのであれば、楽しそうなもののほうが良いでしょう。

見事に心の内を言い当てられ、なき子は恥ずかしいのと嬉しいのとで、どのような顔をすれば良いのか判らなかった。

「それに、まだ偽の文の女も見つからないし、そなたも気が晴れないでしょう」

「宰相の君がそんなことをおっしゃるなんて」

「わたくしも、たまには気晴らししたいのよ。普段は騒げないから」

困ったように笑う宰相の君に、騒ぎたいなら今簀子に出て騒いでいる女たちに加わればいいのに、と思ったが、もう長いあいだ彼女を見ていて、そういうことのできない女だとは判っていたので、口には出さなかった。


脩子がぐっすりと眠ったあと、女たちは非日常の出来事に嬉しそうな顔をしながら南の簀子へ集《つど》った。

宰相の君の祈りが通じたのか、空には埃《ほこり》のように小さな雲がいくつかまばらに浮かんでいるだけで、盃《さかずき》のなかの水面に白く冴え冴えと輝く月の姿ははっきりと見て取れた。

女たちは最初、声を潜めて湖面の漣《さざなみ》のように密《ひそ》やかに話をしていたが、酒が入り手首のあたりまで赤くなってくると、しだいに昼間と変わらぬ様子を見せていった。非常にかしましい。女たちの話題は、今現在後宮《こうきゆう》にいるふたりの女御のことや、お気に入りの男のことだ。ふたりの女御に関しては姿を見たこともないし、大した噂話も入ってこない。だからこそ想像が膨《ふく》らみ、「きっとひどい不細工に違いない」だとか「髪の毛も縮《ちぢ》れてて薄いはず」とか散々な悪口を言い合う。いつもはそれを咎《とが》める宰相の君も、今宵《こよい》は気晴らしに徹しているのか、何も言わずときどき笑いを堪《こら》えるように口元を歪《ゆが》ませていた。

白く穢《けが》れない月を見ていると、心が洗われる。簀子の隅のほうでなき子は若い女たちの話に加わる気になれず、ただ水面に揺れる月を眺めていた。

「少納言、歌でも詠《よ》んだら」

定子が遠くから声をかけてくる。

「……えっ？」

惚《ほう》けていたなき子は瞬時に理解できず、沈黙ののちに素《す》っ頓狂《とんきよう》な声を上げ、女たちはそれが可笑《おか》しいと笑った。

「いいわ、許してあげる。そなたは月からの迎えでもお待ちなさい」

「……いつか来てくれますでしょうか」

「少し年を取りすぎたなよ竹だけれどね」

女たちは更に声を上げて笑った。なき子もぎこちなく笑い返しながら、違うことを考える。月の姫、なよ竹はこの世で何も幸せを得られなかったのだろうか。

やがて月は空の真上へと昇る。定子は座から立ち上がり、もう寝ると言った。召し替えをするために数人の女房が同じように立ち上がり、定子について南庇の中へと消えてゆく。


――月見れば老いぬる身こそ悲しけれつひには山の端《は》に隠《かく》れつつ

楽しいはずの宴の中、そんな侘しい歌がふと浮かぶ。

あと何年生きられるのだろう、と幾分《いくぶん》か冷たくなった夜風に頬を撫《な》でられ、自らの天寿《てんじゅ》を考えていたら、定子を追ってひとり、またひとりと座から消えてゆき、最後には宰相の君となき子しか残らなかった。なき子は立ち上がり、彼女の傍《そば》へ行って再び腰を下ろす。ふたりして高《こう》欄《らん》へ凭れかかり、夜になっても鳴り止まぬ虫の音を聴いた。

しばらくしてから、桐壺《きりつぼ》のお方様もいらっしゃれば良かったのにね、と宰相の君は言った。きっと原子はこのささやかな宴のことを知ったら羨《うらや》ましがるだろう。しかし春宮妃《はるのみやのきさき》が承明門《しょうめいもん》の外に出るには主上の許可がいる。

なき子は宰相の君の器《うつわ》に提《ひさ》下《げ》から酒を注ぎ、自らの器にも同じようにした。濁《にご》った波紋が消えると上澄みの透き通った表面に月光が揺らめく。しばしそれを眺めたあと、宰相の君は器を取り、一口呑み下したのちに言った。

「良かったわ、戻ってこられて」

「ええ」

「きっと登華殿にもすぐに戻れるようになる」

自らに言い聞かせるような言葉だった。なき子も頷きつつ、答えた。

「その前に、例の女を探さなければなりませぬ」

「そなたの夫からの文はまだなくて？」

「夫ではございませぬと、申し上げましたでしょう」

ふふふ、と笑い、宰相の君は月を見上げた。あおとしろ、卯《う》の花に合わせた袿が夜目に眩しい。

「……見つかると良いわね」

遠くで獣《けもの》の鳴く声が低く聞こえる。母屋に棲む鬼の姿を思った。

それからしばらくよもやま話をしていたら、東の空がうっすらと白んできた。夏の夜は瞬《また》く間に過ぎゆき、有明月は空の低くに横たわる。開けっ放しの戸の向こうで女たちが起きる気配があり、ひとり、またひとりと寝ぼけ眼《まなこ》で簀子に出てきた。

庭には雲上《うんじよう》のように霧が立ち込める。その浄土と見違う眺めに、女房のひとりがふらふらと階を下りる。そして間もなく定子もかきつばたに合わせた花のような袿を纏い、簀子へ下りてくる。有明月はこうして明暮《あけくれ》に愛《め》でるものだ。

「ずっと起きていたの?」

おそらく顔色がくすんでいたのだろう。定子はなき子たちに驚き、尋ねた。

「うとうとと。虫の音を聞きながらずっとここにおりました」

「ふたりとも、いい年なのだから、夜更かしは身体に障《さわ》るわよ」

呆《あき》れたような定子の声。庭を漂う白い靄《もや》の中に女たちの姿が遊ぶ。

――ねえ、左衛門の陣のほうにまで行ってみましょうよ。

誰が提案したのか判らないが、突拍子《とつぴようし》もない言葉に女たちは色めき立った。宰相の君が尖《とが》った声と共に立ち上がる。

「そなたたち……」

そんな彼女の袖を定子が引いて止める。宰相の君は溜息をつくと共に指先で眉間を揉む。なき子はいつかのことを思い出した。あのときは左衛門の陣ではなく、時司《ときづかさ》の鐘だった。鐘《しよう》楼《ろう》へ上った女たちに伊周が声をかけてきたのだ。驚いた顔も着ていたものも交わした言葉も、まるでついこの前のことのように覚えている。

女たちのはしゃいだ声が遠退いてゆき、風に乗って漂ってきた涼やかな花の匂いに、なき子は何故《なぜ》か泣きそうになった。

その日、宰相の君もなき子もくずおれるようにして早々に床についた。

翌朝起きて、早朝に届いていたなき子への文を女嬬から受け取る。

「何処《いずこ》から？」

「存じませぬ」

則光かと思い、文箱を開けて文を解いた。しかし目に入ってきたものは則光の手蹟ではなかった。


――をりをりにかくとは見えてささがにのいかに思へば絶ゆるなるらん

……誰だ、となき子はまだ覚醒《かくせい》しきらぬ頭でしきりに考え、眉間に皺を寄せる。自分が今現在文を交わす男は則光以外にはいない。伊周でもない。伊周の書く文字の癖《くせ》は知っている。そして手蹟は見るからに女のものだった。

誰かへ宛てられたものと間違えられたのかもしれない。そう思って、なき子は文箱に再びそれを納めた。

誰かが間違えた文。迷い込んできた文。

ならば良かったのに。

職御曹司は建春門《けんしゅんもん》から近いため、退朝する役人たちがたびたび遠くから定子や女房を窺い見ようとする。最初は色めき立った声を上げていた女たちも次第に慣れてきて、目当ての男の声が聞こえてこない限り、御簾を分けることもしなくなった。

そんな中で、ひとり堂々と庭までやってきた男がいた。蔵人頭《がしら》の藤原行成《ゆきなり》である。則光の上《うわ》役《やく》にあたる男だ。一条《いちじょう》天皇からの信頼も篤《あつ》く、職御曹司に滞在する女たちにも評判が良い。

行成の訪れたとき、時刻はすでに夕方だった。ずいぶんと長いあいだ帰れなかったのだな、と憐れに思いなき子と宰相の君は彼を簀子に上げた。御簾越しに定子へ挨拶《あいさつ》を述べたのち、彼はなき子と話をしたいと申し出た。

「あらまあ。よりによって少納言ですの」

定子は笑いを嚙み殺したような声で答え、その場を去る。

「なら、わたくしも」

そう言って宰相の君も場を立ち去ろうとするが、行成は彼女を止めた。

「どうぞそのまま。おふたりにお伝えしたいことがございますゆえ」

「…………」

ということは、色恋沙汰《ざた》ではない。

行成は御簾の下から一枚の紙を「御覧くだされ」と差し入れてきた。なき子はそれを手に取り、開く。そして小さく声を上げた。

「見覚えがございますか」

ひと月ほど前に迷い込んできた謎の文と同じ手蹟であった。中身はあからさまに男を無下《むげ》にする内容だった。

あなた様にはもっとお似合いの女がありましょう、わたくしは身を引きます。

そんなことが美しい文字で長々と書かれている。書き手も受け取り手も悪者にせず、至極《しごく》自然に別離を申し出る文面の上手《うま》さに、なき子は舌を巻いた。これを受け取ったのが自分ならば確実に泣く。しかもそれは悔し涙でも悲しい涙でもなく、さまざまな気持ちが昇華された名残の涙になるだろう。

「橘殿に頼まれて主上から拝してまいりました」

なき子は慌てて己の局に戻り、いつかの文を取ってくる。そしてふたつの文を並べて宰相の君に見せた。

「これは……」

宰相の君はしばし困惑顔でそれを見比べていたが、はっと口元を押さえた。

「少納言の君に文を宛てた者が、主上への文をすり替えていた咎人です」

「たわけた真似《まね》を……」

眉《まゆ》を吊り上げる宰相の君の隣で、なき子もようやく謎の文の意味が判った。これは則光と自分を揶揄《やゆ》し、嘲笑《あざわら》ったものだ。どこで、誰が、わたくしたちの何を見ていたのか。

「頭弁《とうのべん》様、この文を書いた者は誰なのです」

「詳しい素性《すじょう》は判りませぬ。ただ橘殿がお伝えしたとおり、いずれ大臣の姫君に勤仕《きんし》する女房であることは間違いございませぬ。式部《しきぶ》の君《きみ》と呼ばれている女人にございます」

「式部の君」

なき子と宰相の君は口を揃えてその名を繰り返した。呼び名が判ったところで、道長の娘の下にいる女ならば咎を糾《きゅう》することはできない。

そのとき、柱の軋《きし》む音が聞こえた。身体が左右に振られる。地震だ。奥のほうから女たちの小さな悲鳴が聞こえてきたから間違いない。

――鬼が。母屋に棲む鬼が這《は》い出してくる。

何よりもなき子はそれを案じた。鬼の存在など信じてもいないくせに。

幸い地震はすぐに治まり、殿舎が倒壊することもなかった。行成はそのあいだも動じず、静かになき子たちの様子を御簾越しに眺めていた。宰相の君のほうが先に落ち着きを取り戻し、文を畳《たた》みなおして男に声をかける。

「ありがとうございました、これはお返しいたしますわ」

「よろしいのですか」

「中宮様のお目に触れては困ります」

行成は頷いて文を懐《ふところ》に納めた。そしてうって変わった明るい声で、もっと話がしたかったとぼやいた。辺りはすでに闇に沈み、内裏の中は松明に火が灯っていた。

「そんなこと思ってもいらっしゃらないくせに」

「本当ですよ」

「ならばわたくし、頭弁様からの文をいただきとうございます。ねえ、少納言」

「ええ。能書家と呼ばれるほどのお方からの文ですもの。いただけたら皆に見せびらかします」

行成は笑い、立ち上がると階を下りていった。濃色の直衣はすぐに闇へ紛れる。


母屋へ棲む鬼は、目当《まのあ》たりの悪さはしなかった。女たちが血の池に溺れることもなかった。けれどどうしても頭から「式部の君」のことが離れなかった。

長徳《ちようとく》二年の冬に脩子は生まれている。しかし定子が内裏に戻ったのちも、内親王には宣下《せんげ》されなかった。ようやく主上の御前にて宣旨《せんじ》を拝したのは年の暮れ、生まれてからちょうど一年後、冬のことである。遅すぎる宣下だった。

そして清涼殿東庭にて行われた、内親王宣下の宴に立ち添う貴族はいなかった。なき子は職御曹司の庭にひとり佇《たたず》み、降りしきる雪を見上げる。

定子が子を産んだのも、一年前のこんな雪の日だった。もう戻れないことを覚悟していた。けれど戻ってみれば人は強欲だ。ただの皇女と扱われていた脩子には内親王宣下などないと覚悟していたのに、内裏に戻れば宣下が遅いことに憤《いきどお》る。いたずらに望みを与えれば、人はどこまでも欲深くなる。

定子のことだけを思っていたい。定子がどうか幸せであるように。そのために仕えているのに。

憤りとは違う熱で手のひらが熱い。悔しさなのか悲しみなのかも判らない。寒さの中でひと箇所だけ熱い。その両手のひらで顔を覆う。

見たことのない女が、視界を掠《かす》める小さな雪片《せっぺん》の向こうで笑っているような気がしてならなかった。

五　明順別邸

どこか遠くから箏《そう》の音《ね》が聞こえてくる。春の夜、花の放つ白い霧《きり》に似た光の中、音色は抜け落ちた小鳥の羽根のようにふわふわと辺《あた》りを漂い、やがて闇《やみ》に解けて消える。

華やかな宴《うたげ》はもう過去のこと。職御曹司《しきのみぞうし》の庇《ひさし》の間《ま》に集《つど》う女たちはじっと、音色に耳を澄ます。やがて混じる細い笛の音は、夜空に一筋の線を描くがごとく遠くまで伸びゆき、その先にいる誰かへの遣方《やるかた》ない恋文のようだ。

歩いてゆける距離なのに、それが儘《まま》ならない。いくつもの柔かな障壁《しょうへき》に阻《はば》まれて、誰もが会いたい人に会えない。せめて誰かの奏《かな》でる笛の音が愛しい相手へ届くことを、女たちは願う。

＊

高階邸《たかしなてい》から職御曹司に戻り、雪の季節を越してまた春が来ると、脩子《しゅうし》の小さな口の中に、米粒の欠片《かけら》のような歯が生え始めた。乳を与えているとときどき噛《か》みつかれるのだと定子《ていし》は嘆《なげ》く。

「瞬《また》く間《たま》に大人になってしまうのでしょうね」

だいぶ大きくなった娘を腕に抱いた主《あるじ》の左右からは、愛らしい小さな歯を一目見ようと宰相《さいしょう》の君《きみ》となき子が覗《のぞ》き込んでいた。言われてみればもう髪の毛も黒々として肌の色が見えなくなっていた。顔にもしっかりと意思が見て取れる。

「この子が大人になるまで、見ていることができるかしら」

ふと呟《つぶや》いた定子の声に、左右の女はふたりしてぎょっとする。瞬《まばた》きひとつぶんの沈黙ののち、先に口を開いたのは宰相の君だった。

「わたくしはお方様《かたさま》が常寧殿《じょうねいでん》に住まわれるようになるまで、お仕《つか》えしたいと願っておりますのよ。少納言《しょうなごん》もそうでしょう」

なき子は慌《あわ》てて、しかし深く頷《うなず》いた。

内裏《だいり》中央に位置する常寧殿は、今上帝《きんじょうてい》の皇后《こうごう》の住まいとされてきた。ただ皇后に円融上皇妃遵子が在位している今は、中宮の住まい、というべきだろう。定子が今上第一寵妃である中宮として常寧殿に住むためには男子を産まなければならない。定子は何も答えず、乳母《めのと》を呼び娘を引き渡す。そして自《みずか》らの局《つぼね》の御簾《みす》を分け、その場から姿を消した。

先ほどまではそぼそぼと音をたてて五月雨《さみだれ》が降っていた。それが止《や》み、束の間の麗《うら》らかな日差しが開け放した蔀戸《しとみど》の外から降り注ぐ中、脩子のむずがる小さな声と、冷たい沈黙が残った。


子供を産めたことが奇跡かもしれない、といつか定子はなき子にぼやいた。毎月のさわりを見るたびに泣きたくなる、と。なまじ脩子が生まれたことにより、失意はより深く定子の心を蝕《むしば》むのだろう。定子と主上《おかみ》の仲を引き裂こうとした謎の女の現れ、その仕業《しわざ》により、更《さら》に彼女の心は弱っていた。

式部《しきぶ》の君《きみ》と呼ばれる女。

彼女の存在を、定子はまだ知らない。なき子と宰相の君、そして心無い者がいなければごく僅《わず》かな蔵人《くろうど》たちだけが知り得ている影だ。則光《のりみつ》にはひきつづき、その女がどこの誰なのかを調べるよう頼んである。参内《さんだい》が許されている貴族の女であれば所在はすぐに判《わか》ろうが、背後で爪《つま》繰《ぐ》るのが道長《みちなが》ならば、そうやすやすと尻尾を摑《つか》ませるわけがない。

夕刻、内裏のあちこちに松明《たいまつ》の灯《とも》るころ、なき子は簀子《すのこ》に佇《たたず》み春の花の終わりかけた庭を見《み》遣《や》った。

年末、雪山を作ったことを思い出す。庭に皆で雪山を作り、どこまで融《と》けずにいるかを予想し、女房《にょうぼう》のみならず大勢を巻き込んだ大博打《おおばくち》となった。二十人ばかりの男たちが雪山を作るために集められ、女房たちは御簾越しに、寒い中で額に汗しながら必死になって雪を積み上げる男たちを笑いを堪《こら》えながら眺めていた。良い気晴らしになり定子も笑いながらその様子を見守っていたのだが、いくつか朔日《さくじつ》を超えた今、どうにもまた塞《ふさ》ぎがちの職御曹司は暗く沈んでいる。

またここに雪山を作れないものか。……落ちた花びらなどで。

宮中に咲くすべての春の花の花びらを集めたとしても、大した山にはなるまい。しかも刻《とき》を追うごとにそれは茶色く変わり、大層みすぼらしいものになるだろう。

あのときの雪山はかなり長いあいだ融けなかった。その様子は冬が永遠につづくのかと人々に思わせたものだったが、今はやや肌寒い初夏の夜風がなき子の頬《ほお》を撫《な》でる。五月の御精進《みしょうじん》に入り、職御曹司は塗籠《ぬりごめ》の前の柱間二間にわたって仏間《ぶつま》となっていた。

「少納言、ここにいたの」

雨の気配に混じる濃厚な花の匂いを胸いっぱいに吸い込んでいたら、うしろから宰相の君の声が聞こえた。と同時に、遠くに小さく郭公《ほととぎす》の鳴き声が。

「……忍音《しのびね》かしら」

宰相の君の耳にも届いたようだ。

「中宮《ちゅうぐう》様もお喜びになりますでしょうか」

「そうね」

ふたりの女はしばらくその場で、再び郭公が鳴かないか耳を澄ましていた。すると雨が一粒、手指の先を濡らした。

「また雨……」

なき子はふと思いつき、宰相の君を振り返って言った。

「郭公を探しにゆきませんこと？　中宮様もご一緒に」

定子はしばらくここから出ていない。まだ出仕《しゆつし》してすぐのころに賀茂祭《かものまつり》を見に行ったことを思い出す。同じく宰相の君もひとときそれを思い出したのか、遠い目をしたのち、頰を緩《ゆる》めた。

「中宮職に許しをもらいましょう。少納言、伝えてきてちょうだい」


中宮の外出は余程《よほど》のことがない限り許されない。従って、賀茂祭のときと同じように定子は身代わりを立て、女房のふりをして外に出ることになる。早急な手配と文《ふみ》の遣《や》り取りにより、三日後にそれは実現された。

華やかな行事から遠ざかって退屈していた女房たちはこぞってついて来たがったが、車は一台しか用意できなかった。乗れて四人だ。

「ずるいわ、少納言」

「わたくしも連れて行って」

女たちのかしましい訴えに謝罪しつつ、くれぐれも他言《たごん》するなと言いつけ、職御曹司の横につけた女車《おんなぐるま》を見遣った。女房装束《しようぞく》を纏《まと》った定子をはじめ、なき子、宰相の君、そして同じく女房装束を身につけた原子《げんし》が乗り込む。春宮《はるのみや》の急なお渡りが懸念《けねん》されたが、月の物忌《ものい》みだと嘘をついてこっそりと抜け出してきたのだそうだ。

「あなたまで、全く……」

原子を誘ったことを定子には伝えていなかったため、車に乗り込んで喜びを隠しきれないといった様子の妹に、姉の顔をして定子は溜息《ためいき》をつく。

「お姉様こそ、これは二度目なのではなくって？　それにわたくしは少納言に誘われただけですけれど、賀茂祭のときはお姉様がご自分で言い出したのでしょう？」

「…………」

苦虫を噛み潰《つぶ》したような顔で、定子はそっぽを向く。彼女をそそのかしたのは兄の伊周《これちか》だ。赤子の泣き声が遠くなる。脩子は置いてきた。ずっと乳母をつけていなかった定子だが、信用できる筋の女が見つかったため、雇うようになった。今は育児にそれほど辛苦《しんく》していない。

車は薄曇《うすぐも》りの空の下を、前駆《ぜんぐ》の掛け声と共に進み出した。朱雀門を出て定子や原子の顔を見知る者がいなくなると、大胆にも定子は御簾を巻き上げるようなき子に命じた。

「しかし……」

「そうでもしないと、暗いでしょう」

宰相の君と顔を見合わせ、溜息ののち、ふたりは揺れる車の中で苦心して御簾を半分まで巻き上げ、鉤《こ》に掛けた。ぼやけた光が車の中に入り込む。なき子と宰相の君はふたりの正体がばれやしないかとひやひやしていたが、当の本人たちは久々の外出にただはしゃいでいた。

「これからどこへ行くの？」

行先は賀茂のまた先、かささぎと呼ばれる橋の近くにある明順《あきのぶ》の朝臣《あそん》の屋敷である。その旨《むね》を伝えると原子が目を輝かせる。

「賀茂の先まで！　ねえお姉様、そんな遠くへ行ったことがありまして？」

無邪気な声になき子の胸は痛む。貴族の女ならば誰もが憧《あこが》れる妃《きさき》という立場でも、外出は厳しく制限され、一年も経てばまともに歩けなくなる。昨晩、管弦《かんげん》の宴のどさくさに紛《まぎ》れて職御曹司までひとりでやってきた原子は、息も絶え絶えで階《きざはし》を上ることも儘ならず、足が痛いと涙ぐんでいた。その姿は数年前、翁丸《おきなまる》と共に野原を駆けていた娘とは思えなかった。

車がしばらく進むと、一条《いちじょう》の西洞院《にしのとういん》あたりで男たちの喧騒《けんそう》が聞こえてきた。馬弓《うまゆみ》の競射《きょうしゃ》が行われているその場にはあらかじめ則光がおり、こちらの車が見世物《みせもの》にならぬよう警戒していた。物見《ものみ》から外を覗き、なき子と宰相の君は彼の姿を確認する。則光はちらりとこちらを見たあと、一際《ひときわ》大きな声で男たちの注意を引き、馬を駆け出した。

「早く」

宰相の君は、彼らの様子を見物したそうにしている牛飼《うしかい》を急《せ》かす。

車が傾き、身体《からだ》が引っ張られた。軽く声を上げて定子の身体がなき子にぶつかる。ふわりと、薫物《たきもの》の匂いが濃くなった。

定子と原子の叔父にあたる明順の別邸《べってい》は田舎《いなか》風のしつらえで、姉妹は物珍しそうに中を見て回った。噂《うわさ》どおりそこは、やかましいほどに郭公の鳴き声が響き、忍音どころの騒ぎではなかった。

「こうも多いと、歌を詠《よ》む気も失せるわね」

風はないのに、遣水《やりみず》のせせらぎすら鳥の鳴き声に紛れて聞こえない。宰相の君は可笑《おか》しそうに笑った。

「お姉様、あれは郭公？」

庭に下りて朗《ほが》らかな声で問う妹の口を手のひらで塞ぎ、定子は小声で言い聞かす。

「あれはすずめよ。お姉様と呼んでは駄目。ここに来たのがわたくしと春宮后だとばれたらもう二度と内裏から出られなくなるわよ」

そんな心配を余所《よそ》に、明順は「中宮様の名代《みょうだい》」である四人の女房たちを、まさか中宮本人であるとは気づかず、歓待《かんたい》してくれた。地下《じげ》の娘たち、それも原子とそれほど変わらぬ年のころの娘たちが、定子の前で稲をこく。ただのすすきのような草から白い米が弾《はじ》き出されるのを、定子は物珍しそうに眺《なが》めていた。原子は瞳《ひとみ》を輝かせ、「やらせて！」と言って娘のひとりから稲を奪う。

原子と定子が嬌声《きょうせい》を上げながら稲こきに夢中になっているのを少し離れたところで見つめていた宰相の君は、隣に佇む明順に「ところで」と口火を切った。

「左中弁《さちゅうべん》殿、『式部の君』と呼ばれる女人《にょにん》を知っていますか」

「式部の君……はて。どのような素性《すじょう》のお方でございましょうか」

初老の男は心当たりがないらしく、それ以上尋《たず》ねることは憚《はばか》られたが、しばらく考え込んだのち、「ああ」と小さく頷いた。

「何か？」

「詳しくは存じ上げないのですが、北家《ほっけ》の出の、大層賢《かしこ》い女人がいるという噂を聞きました。中宮様の女房様であそばされる少納言の方のことではと」

「少納言はわたくしです。それにわたくしの氏《うじ》は清原《きよはら》ですわ」

慌ててなき子は否定する。宮仕えの多くの女は呼ばれ名が父か夫の官職に由来している。おそらく女の父か夫は式部省《しきぶしょう》の官僚だろう。まことに北家の女ならば藤式部《ふじしきぶ》、とでも名乗っているのか。

しかし女の素性が判ったところで目の前に引きずり出すことはできない。郭公の鳴き声の響く曇《くも》り空の下、地下の娘たちと定子たちが戯《たわむ》れているのを眺めているうちにぽつりと雨粒が頬を濡らした。

「雨が。中にお入りください」

明順が大声で呼びかけ、渋々《しぶしぶ》といった様子で定子と原子は顔を見合わせる。

卯花腐《うのはなくたし》に霞《かす》む京の北。濡れるのが嫌な年増《としま》ふたりは館《やかた》の庇の間で食事をいただき、濡れるのを厭《いと》わない若いふたりは打掛《うちかけ》を脱いで庭の卯《う》の花を摘《つ》むのに夢中になっていた。

幸い雨はそれほどひどくなく、空も白けており、そぼ濡れた青い木々の生い茂る中、笑いながら花を手折《たお》る姉妹の姿は朧《おぼろ》な霧にぼやけ、清らな夢のようであった。

半刻ほど経ち、食事も終えたころ姉妹は手にいっぱいの花を抱えて階を上がってきた。萼《がく》から離れた小さな白い花がそこら中にこぼれ、ひととき雪が降ったように見える。ふたりの髪の毛にも睫毛《まつげ》にも、細かな水滴が玉を作り僅かに光っていた。

「綺麗《きれい》でしょう」

原子が嬉しそうになき子のほうへ見せ、なき子はその愛らしさに涙が出そうになった。宰相の君は隣でやや呆《あき》れ顔をして問う。

「こんなにたくさん、どうなされるのです」

「車に飾るの。きっと真っ白くなって綺麗よ」

なき子は傍《かたわ》らの定子の顔を見遣る。原子と同じようにうずうずとした様子で、抱えた花を見ていた。

「ねえ、早く飾りに行きましょう。それで皆に見せびらかすのよ」

明順は困惑顔で宰相の君の判断を待ち、宰相の君は溜息をつきながら「ならば、これでお暇《いとま》しましょうか」と明順に詫《わ》びた。

この日は「郭公の歌を詠む」のが目的だったのだが、誰ひとりとして歌など詠まなかった。そもそもなき子は自ら歌を作るのが苦手なので、何かにつけて逃げ回ってきていた。帰るという宰相の君の言葉に、胸を撫で下ろす。

外で待っていた車副《くるまぞい》たちは、戻ってきた四人の花だらけの姿を見て、何事かと目を丸くした。

はい、と原子は彼らにも花を手渡す。

「車に飾って。花畑みたいになるように」

彼らは戸惑《とまど》いつつも笑いながら、原子の言うとおり一枝一枝を下ろした御簾の間に刺していった。

「足りないわ、もっと」

やがて御簾が真っ白になると、余った花を屋形《やかた》だの下立《しもだて》だのにも飾り始め、見たこともない面妖な車ができあがった。

「花が落ちるから、女房殿たちの通ったあとはすぐ判ってしまいますね」

牛飼童《うしかいわらわ》の言葉に原子は嬉しそうに答えた。

「素敵じゃない、その花を目印に追いかけてきてほしいわ」

そうこうしているうちに少しだけ、雨足が強くなった。

「早く車の中へ。濡れてしまいます」

「それでは、車の中で改めて郭公の歌を詠みましょうか」

ものすごく嫌な顔をしていたのだろう、宰相の君はなき子のほうを見て意地悪く笑った。


半日ほどの外出だった。帰りは定子と原子の言いつけで花だらけの車をとんでもない速さで走らせ、宮城の門前に辿《たど》り着いたときには車副の男たちはへとへとに疲れきっていた。来た道には、雪のように白い花が散る。

ああ楽しかった。

こんなに笑ったのはどれくらいぶりかしら。

宰相の君でさえ笑いながら、着崩れた衣《ころも》を直しつつ職御曹司へと戻ったあと、四人は凍えるような冷水を浴びせられることになる。四人の姿をいち早く見つけた女が、飛び出してきて泣きながら訴えたのだ。

「姫様が……脩子様が……」

――目を離した隙《すき》に、乳母ごと消えた。

＊

四人が外出している最中にその事態が発覚し、残った女房たちは自分たちが行ける範囲のすべてを探した。そして見つからず、伊周に文を宛てた。

現在、母屋《もや》には泣くこともままならず蒼白《そうはく》な顔をした定子と、原子と、乱れた直衣《のうし》を調《とと》え忘れた伊周が直接向かい合って座っている。庇の間に控える女房たちは、彼らを几帳《きちょう》に隔《へだ》てるのも失念していた。

伊周は、いつか楼《たかどの》に上ったときのように定子や女房たちを叱《しか》ったりはしなかった。なにせ賀茂祭の外出の共犯は、伊周である。

「もう一度お訊《き》きします、お心当たりはないのですか、中宮様。乳母がどこかしらの女官《にょかん》と通じていたなど、僅かでもお心当たりは」

伊周は三度目になる問いを口にした。

「……ないの」

定子の答える声も消え入りそうだ。外の雨はうって変わって勢いを増し、夕刻だというのにすでに夜のようで、水音が耐え難い沈黙を幾分か和《やわ》らげていることが微《かす》かな救いだった。

「申し訳ございませぬ。わたくしが郭公を探しにゆこうなどと申し出なければ、こんなことには」

なき子は自らのしでかした咎《とが》に打ちひしがれつつ、頭《こうべ》を垂《た》れる。伊周は悲しげに笑い、咎えた。

「おきてしまったことは悔いても仕方がないのだよ、少納言。それにかささぎは楽しかったのだろう?」

ねえ、中宮様。男は憐《あわ》れな妹に精一杯慈愛《じあい》の笑みを向ける。

「はい、……お兄様」

「どのみちそなたらの足で探せる範囲は限られている。このことは家人《かじん》に伝えてあるから、もし何か思い出したら教えてくれれば良い。だから、そなたらは今日のことをわたしに教えておくれ。心配しても脩子様が戻ってくるわけではないのだから」

精一杯明るく振る舞おうとしている伊周の姿を見て、まず最初に原子が表情を明るくした。

「稲から米を出したのよ、お兄様」

「そなたが、か?」

「ええ、臼《うす》で。明順はその米を食べるのですって」

「叔父君《おじぎみ》が羨《うらや》ましい。わたしも食べたかったよ」

春宮后と家臣《かしん》、という立場を忘れ、兄と妹に戻った原子と伊周。原子は「すずめの食事にもならないでしょうけど」と言いながら袖《そで》に隠してきた何粒かの米を兄の手に渡した。嬉しそうに伊周はそれを受け取り、自らの袖に仕舞《しま》う。

「中宮様は? 何をされたのです」

「……歌を」

「え？」

「歌を詠んでないわ、郭公の歌。それが目的だったのに」

なき子の気持ちは余計《よけい》沈んだ。歌以外はどうにかほかの女たちよりも素養があるものの、歌だけは苦手なのだ。

「それはわたしも聞きたいな。桐壺《きりつぼ》の方、宰相の君、それに少納言、今詠んでみせてはくれないか」

……意地悪。

主を詰《なじ》りたい気持ちを堪え、なき子はなるべく平静を装《よそお》った。

「よろしゅうございますわ」

なんだか出仕したばかりのときのことを思い出す。あのときは香爐峯《こうろほう》の雪とは如何《いか》なるものかを問われ、御簾を上げて庭を見せた。真面目に答えるばかりではこの場は和《なご》まなかろう。

そう思って口を開きかけたとき、空の割れる音がした。

「ひっ……」

女たちは一様に身を縮《ちぢ》ませ、耳を塞ぐ。風も強くなってきて、数人の女房が慌てて立ち上がり、蔀戸を下ろした。雷鳴はつづき、歌どころではない。

「今宵《こよい》はもう休むが良かろう。少納言、歌はまた次の機会に聞かせておくれ」

伊周が立ち上がりながら言うと、定子も膝立《ひざだ》ちになり泣きそうな顔で兄を見上げた。ひととき忘れられていた脩子のことが再び蘇《よみがえ》ったのだろう。

「案ずることはございませぬ。必ず見つけて差し上げますから」

優しげな笑みに、泣きそうな顔のまま定子は頷いた。


その夜、寝つかれずにいたなき子は、雨の音に混じって母屋から低い泣き声が漏れてくるのを聞いた。主の寝所《しんじょ》を訪れることは憚られたが、責任の一端が己《おのれ》にあることは明白なので、なき子は局を抜け出し、母屋の御簾の向こうへ小さく声を投げかけた。お方様、という呼びかけに、泣き声は止まる。

「……少納言？」

「左様《さよう》でございます」

「どうしたの、眠れないの？」

「お方様こそ。泣いていらっしゃるのなら、今ここでわたくしを詰ってくださいませ。詰って、思う存分頰を打ってくださいませ」

しばらくののち、こちらへいらっしゃい、と定子は言った。なき子は御簾を分け、起き上がった定子の前へ頭を垂れる。

「少納言が悪いなどと、思ってもいないわ。それに、泣いてもどうにもならないことくらい判っているの。遅かれ早かれ、きっかけがあればこうなっていたのでしょうし。けれど、今は」

――そんな優しい言葉よりも、詰ってくれたほうがどれだけ楽になることか。

なき子の思いも虚《むな》しく、再び定子の喉《のど》からは嗚咽《おえつ》が漏れる。

「主上のお耳に入ったら、どれほどお嘆きになるか」

主の悲痛な震声《しんせい》に、なき子の胸は潰れそうになる。謝罪するつもりで傍《そば》に来たのに、かけるべき言葉が見つからなかった。

「少納言」

「はい」

「一緒にいて。ここにいて。わたくしが眠っても、おまえは眠らないで起きていて」

……それが、罰か。

なき子は頷き、差し伸べられた柔かい手を握った。以前より少し薄くなったように思う。しばらくしてから、小さな呟きが聞こえてきた。

「……主上は今、誰のところにおいであそばすのかしら」

求める男がほかの女を抱いている。離れたところにいてもその事実だけは明白で、「会いたいのに」とつづいた悲しみの滲《にじ》む声に、たまらずなき子は主の頭を己の胸に掻《か》き抱《いだ》いた。

「わたくしを、主上とお思いくださいませ」

定子の小さな息遣いを胸元に感じる。幾《いく》つの呼気《こき》のあとであろうか。

「なら、くちづけをして、主上みたいに、優しく」

求める瞳は涙に濡れているのだろう。躊躇《ためら》いはなかった。言われるまま、なき子は定子の頬に唇を寄せた。舌の先に涙の味がする。

「主上……」

己が主の求める男でないことが口惜《くちお》しかった。

何故《なぜ》、この美しいお方だけが、このような思いをしなければならないのだろう。

——下蕨《したわらび》こそ恋しかりけれ

二日後、定子の作った下《しも》の句に上《かみ》の句をつけよと言われ、なき子は渋々と答えた。

——郭公たずねて聞きし声よりも

何故《なぜ》こんなことになったのかと言えば、宰相の君がしつこく外出の話をしたからである。なき子はあのとき、蕨が生えていたので思わず手折って持って帰ろうとした。幼少のころ、父の任地でよくしていたことで、持ち帰ると夕餉《ゆうげ》に料理として出てきたものだ。

「食い意地が張りすぎでしょうよ」

定子はなき子の答えに、少し痩《や》せた顔ながら可笑しそうに笑った。まだ脩子は見つかっておらず、誰からの連絡もない。職御曹司にいるので、当然ながら主上のお渡りもなかった。主上を求めて泣いたことなど微塵《みじん》も感じさせない振る舞いに、なき子は安堵《あんど》しつつも心の中は曇っていた。今の定子の胸の内は、父を亡くしたときと同じだろう。

「もう、歌は詠みたくありませぬ」

「何故《なぜ》」

二日前の豪雨はいっときだけのもので、今は小糠雨《こぬかあめ》が濃い色に庭を濡らしているばかりだった。開け放した格子戸からは、花と土の匂いが入り混じって曹司《ぞうし》に流れ込んでくる。

「歌の名手と呼ばれた父を持つわたくしが、期待をされるのが苦しいのです」

「何を甘えたことを言ってるの」

宰相の君が、半ば呆れた顔でなき子を睨《にら》んだ。

「それは北家に生まれたすべての女への挑戦ね、少納言」

定子も、笑いながら、しかし厳しいことを言った。心がしゅんと萎《しお》れてゆくのを感じる。

あの夜、なき子は定子が小さな寝息をたて始めたあと、朝の鼓《つづみ》が鳴り始めるまで傍らに座して起きていた。雷鳴は遥か遠くへ、聞こえ来るはずの雨の音も、冷たい沈黙に追いやられていた。そっと頬に触れると涙の乾いた破片が指先に張りつく。

——わたくしが必ず見つけ出す。

そう心に決めた翌日、則光から文が届いた。今、隣で笑っている定子はその文の内容を知らない。ほかの女たちにも、宰相の君にすら知らせていなかった。

——三条《さんじょう》の町小路側《まちこうじがわ》の館に、赤子など生まれていないはずなのに赤子の泣く声がある。以前は、藤原道長の通っていた館だが、先日まではすでに廃屋《はいおく》同然だったものだ。

書きつけられた内容はそのようなものであった。

なき子の決意を余所に、女たちは脩子の不在を忘れようとするがごとく楽しげに笑っている。

その日はいちにち「蕨の君」と呼ばれる羽目になった。

翌日の昼、なき子は壺装束《つぼしょうぞく》を纏い市女笠《いちめがさ》を被《かぶ》って、職御曹司を抜け出した。門の衛士《えじ》には司《つかさ》の女官だと偽《いつわ》り、朱雀門を出る。そこでばったりと則光に出くわした。

「そなた、何をやっているのだ」

「文を寄越《よこ》したのはあなたでしょうに」

間髪《かんぱつ》入れずに答えると、則光は溜息をつく。

「まさか中宮様の女房殿がひとりで出歩くなど」

「下手《へた》に期待をさせたくないのよ。だからわたくしがまずこの目で確認しようと思うの」

「ならばわたしも共に行こう。そなたの身に何かあれば、中宮様が悲しまれるからな」

正直なところ、なき子は則光の申し出にほっとした。勢いで出てきたが、やはりひとりで行くのは少し怖かったのだ。

とはいえ、元夫婦だったものの並んで歩くのは、気まずかった。近ごろは宿下がりをしておらず、子供たちにも会えていない。そんななき子の気持ちを慮《おもんぱか》ったか、則光はふたりの息子たちの話ばかりをした。背が伸びたこと、小さなときは食べられなかった蕨が食べられるようになったこと。そして一《いち》の君《きみ》にはすでに妹背《いもせ》となる姫がいること。

「そうなの⁉」

「早すぎるということはなかろう。中宮様とて同じころに入内《じゅだい》されているのだし」

言うとおりではあるが、母としての心中は複雑すぎる。相当ややこしい面持《おもも》ちでいたのだろう、隣で則光はふきだした。

「笑わないでよ」

「笑ってない。ほら、この角だ」

則光は左方向へ手を差し伸べた。二条《にじょう》、三条には名だたる貴族たちの屋敷《やしき》が連なる。なき子もだいたいはどこが誰の館か、というのは知っていたが、今則光の指し示す館は、知らなかった。生い茂った網代垣《あじろがき》に囲まれて中を窺《うかが》うのは困難にみえる。

「わたしの姿が向こうの目につくとまずかろう。ここで待っているから、ひとりで行っておいで」

「でも……どうやって」

「物乞《ものご》いの真似《まね》でもしてはどうだ。いつだか、草子《そうし》に書いていただろう」

「読んだの？」

「大納言《だいなごん》様が写したものを見せてくださった」

年が明けてからこちら、伊周に草子を渡したことはない。ということは女房の誰かが写し、それが出回り伊周から則光に知れたのだろう。冬のある日、職御曹司の庭に、ひとりの女の物乞いが現れたときのことを書いたものだ。衛士は何をしていたのかと憤《いきどお》ったが、もしかしたら己もいずれこのような姿になるのかと思えば、無下《むげ》にはできなかった。

なき子は渋々と笠を外し、則光に渡した。視界の靄《もや》が取り払われ、なんだか裸になったような気がして心もとない。

則光は早く行けと目で促《うなが》した。弱々しく頷き、なき子は歩き出す。

網代垣の隙間から覗く館は、だいぶ古びていた。そして、たしかに、風の音が邪魔《じゃま》する中で微かにだが、赤子の泣き声が聞こえた。四人の子供を産んだなき子は、その声が脩子のものであると確信する。

「……もし、誰ぞおられませぬか」

精一杯声を張り上げた。応じるかのごとく、赤子の声が大きくなる。なき子は意を決し、網代垣を掻き分けて庭へと入った。良い具合に衣が汚れ、物乞いらしくなる。

「どなたか、水を一杯分けてはくださりませぬか」

あのときの物乞いの様子を思い出し、叫ぶ。こんなところであの物乞いが役に立つとは。館は間近で見るとそこそこ手入れはされており、地震のあと、最近になって人が住み始めたことを物語っている。なき子が三度ほど声を張り上げたのち、格子戸が開いた。

「そなた……」

現れたのは、いなくなった乳母だった。両の腕には泣き叫ぶ脩子を抱えている。

「少納言様……」

「何をしているのです、そなた、このようなところで」

「………」

「中宮様がどれほどお嘆きか、少しでも傍に仕えた者なら判るであろう」

声を張り上げて詰りたかった。しかし怒りのあまり身体が震え、声はますます細くなる。

「……誰ぞ」

戸の陰になる暗がりから、気だるげな女の声が聞こえてきた。

「女の物乞いにございます、式部の方」

聞き間違いではなかった。一陣の風が庭を通り抜ける。なき子は則光の勘《かん》と情報の正しさに感謝しつつ、怒りに拳《こぶし》を握りしめた。

「水でも撒《ま》きやれ」

興味なさそうに女は戸の陰から言い捨て、姿を見せない。

「……水なぞいらぬわ」

なき子は声を絞《しぼ》り出し、一歩足を踏み出す。睨みつけられた乳母は怯《おび》えた顔であとずさる。

「そなたらにとっては、中宮様から御子《みこ》を奪うなど大した沙汰ではないのであろうな。何をしても大臣《おとど》のうしろにいれば赦《ゆる》される。奪われた者の心中など、取るに足らぬことなのであろうな。どれほど泣いておられるか、考えもできぬのであろうな」

階に沓《くつ》のまま足をかけ、一段上ると同時に、乳母は格子戸を閉めようとした。咄嗟《とっさ》になき子は階を駆け上がり、そうはさせまいと戸と乳母の腕を押さえる。

「返しやれ。恐れ多くもそのお方は内親王《ないしんのう》様ぞ」

「……しつこい物乞いだこと」

そう言いながら出てきた女の顔の下部に、初めて鈍い光が当たった。年のころはなき子より少し若いのだろうが、なにしろ暗いのでよく判らない。女は薄汚れたなき子の姿を見て、「貧相な物乞いじゃ」と薄く笑った。

「女房殿が物乞いなどせねばならぬほど、職御曹司は逼迫《ひっぱく》しておるのかえ」

「…………」

何故《なぜ》顔を知られているのか、考える余裕などなかった。なき子は板敷《いたじき》を踏み越え、女に摑みかかり頰を打った。雨の気配を帯びた室内に鈍い音が響く。

女はその場でしばらく蹲《うずくま》っていたが、やがて薄笑いを浮かべてなき子を見上げ、言った。

「中宮様……いや、職御曹司の方は己の女房にどういう躾《しつけ》をしていらっしゃるのじゃ」

「これはわたくしの独断じゃ。お方様の与《あずか》り知らぬこと。名代でもなんでもないわ」

「それはそうでしょうなあ。名代が物乞いなど、末代《まつだい》までの恥」

今一度、頬を打つ音で女の言葉は遮《さえぎ》られる。

「お姫様は連れて帰らせていただきます」

「知られてしまっては仕方なかろうな」

女は乳母に、赤子を渡せと顎《あご》で促す。乳母は下唇を嚙みながら、震える手で脩子を差し出した。泣き喚《わめ》く脩子を受け取り、なき子はその小さな身体を抱きしめた。

「早《はよ》う殺しておけば良かったわ」

立ち去るなき子の背中に、そんな言葉が聞こえてきた。

声の主《ぬし》は鬼だろう。

あの地震で塗籠から放たれた、血の池を見て笑う地獄の鬼だろう。


網代垣を出たところで、へなへなと腰から力が抜け、なき子はその場に膝をついた。様子を窺っていた則光が慌てて駆け寄ってきて身体を支える、というよりも脩子のほうを支えた。

「やはり、お姫様であったか、ご無事であったか」

頷く気力もない。へたり込むなき子の背を則光が擦《さす》っていると、「少納言様」と声が聞こえてきた。門から乳母が小走りにやってきたのだ。なき子の目の前に来ると、彼女は地面に頭を擦りつけた。

「お赦しくださいませ！」

「……赦せるわけがないであろう」

「大臣に逆らえなかったのです、大臣のおかげでわたくしの夫はお役に就《つ》くことができました、お金もいただいております。断れば夫はお役を取り上げられ、わたくしたちは京では生きてゆけなくなる、仕方がなかったのでございます、どうか、夫に免じてお赦しくださいませ……」

なき子はぼんやりと女の後頭部を見つめた。同じく則光も震える女の肩を見つめている。やがて則光が口を開いた。

「……逃げるが良い。できるだけ早く、ここから、大臣の手の届かぬところへ」

女は青白い顔を上げ、則光を見つめた。

「この騒ぎがまことと大臣の言い付けなのだとしたら、明るみに出ることを恐れて、大臣はそなたを殺すだろう。式部の君は北家の女人。殺されることはない。狙《ねら》われるのはそなただけだ」

乳母はうわごとのように何かを呟いたが、ふたりともそれを聞き取ることはできなかった。

「行こう、なき子。中宮様がお待ちになっている」

気の毒そうな視線を投げかけつつも、則光はなき子に立つよう促す。なき子は差し出された手に縋《すが》り、立ち上がった。


御在所に帰り着いたのは、松明が灯ってからである。職御曹司はちょっとした騒ぎになっていた。もちろんその因由《いんゆう》はなき子の不在だ。何も告げずに定子の傍を離れたことはこれまで一度もなかった。

　しかしながら、怒られるだろうな、と思いつつ、泣き疲れて眠る脩子を抱えて庭に姿を現したら、なき子のことなど瞬時に忘れられた。

「少納言！……お姫様！」

　最初になき子の姿を認めた女房が声を上げる。その叫びを聞いた定子が簀子に駆け出してきた。闇の中にも薄萌黄《うすもえぎ》の鮮やかな打掛姿《うちかけすがた》が削《そ》げた頰に痛々しかった。

「ああ、脩子、脩子」

　手を伸ばす定子に、彼女の娘を引き渡す。泣いて話にならない定子を、自らも涙を堪えながら見守っていると、袖を引かれた。

「どこにいたの、どこに行っていたの」

　潜めた声の主は宰相の君だ。なき子は彼女の手を取り、騒ぎの中心から外れた。

「三条の、町小路側です。乳母もそこに」

「何故《なぜ》そこだと判ったの」

「則光からの文で。嘘だったら困るので、わたくしが自身で確かめてから宰相の君にお伝えしようと思ったのですが、手間が省《はぶ》けましたわ」

　なき子は懐《ふところ》に忍ばせていた文を広げて見せた。しばらく文字を目で追っていた宰相の君は、

「女の姿は見たの」と尋ねる。

「見ました」

「どのような女だった」

「……鬼かと」

姿はたおやかだった。それは暗がりの中でも判った。けれど、あの声は鬼のものだ。宰相の君は言及してこなかったが、文を畳《たた》み直し、なき子に手渡しがてら、言った。

「とにかく、無事で良かったわ。お方様の心配ぶりといったら大変だったのだから」

「お赦しくださいませ」

「少し妬《ねた》ましいわね」

ふわりと良い香りを残し、宰相の君は踵《きびす》を返す。そして気づく。今のなき子はそうとう汗くさいはずだ。早く香《こう》を焚《た》かなければ。

*

主上がどれだけの事実をご存じなのか、なき子には判らない。しかしこの事件のすぐあと、則光が叙爵《じょしゃく》され、遠江権守《とおとうみごんのかみ》に任ぜられた。権守《ごんのかみ》と言っても名ばかりで住居は京《みやこ》にある。

夫だった人が、従五位《じゅごい》を授《さず》かるなど、思ってもみなかったことでなき子の心は複雑だった。張り合いたいと思っているわけではない。女も主上の妻となれば位《くらい》はつく。しかし妻以外の女に位は与えられない。あんなぼんやりした感じの男なのに、武術だけは長《た》けていて、なき子と違い人当たりも良かった。今考えれば己の夫だったことが不思議だ。

いつか、何も後《うし》ろ盾《だて》がない女にも、位が与えられる日は来るのだろうか。

それとも、位など所詮《しょせん》人の決めたもの、と笑うのが正しいのだろうか。

その年、鬼は動かなかった。脩子は内親王宣下《せんげ》から一年経ったころ、職御曹司を出た。翌日、登華殿《とうかでん》にて着袴《ちゃっこ》の儀《ぎ》が行われた。

翌年の初め、ようやく定子が登華殿に戻る日がやってくる。細かな雪の降りしきる中、定子を乗せた輿《こし》はゆっくりと内裏へと進んでいった。戻ってから七日間、主上はずっと登華殿へ渡りつづけ、女たちはその結果となるものを望んだ。

しかし、彼女らの夢は実らなかった。

月のさわりで定子が物忌みに籠《こ》もるころ、脩子の着袴と定子の入内を追いかけるようにして、藤原道長の娘、彰子《しょうし》の着裳《ちゃくも》の儀が行われた。そして何よりもなき子の心を曇らせたのは、彰子が着裳と同時に、従三位《じゅさんみ》に宣下されたことである。落飾《らくしょく》前の定子は、従四位下《じゅしいげ》にあった。扱いは今もそれに準ずる。

登華殿の庇の間で、定子が箏を弾いていた。春は花の舞う。冬は雪の舞う。悲しい音色は空から落ちる白片に融け、雪原に舞い下り、誰のところへも届かずに大地へと吸い込まれる。

春になったらその哀切も固い花の蕾が徐々にひらくように姿を変え、辛《つら》いことなど忘れさせてくれるのだろうか。
今宵も、主上は定子のところへとお渡りになる。
どうか、早く。彰子の入内よりも前に、確かなものを。
女たちは眼《め》を瞑《つぶ》り、未《いま》だまみえぬ誰か、即《すなわ》ち生まれ来る男の赤子に、祈った。

六　飛香舎

長徳《ちようとく》五年の正月十三日、年号は長保《ちようほう》へと改まった。これは主上《おかみ》による天下大赦《てんげたいしや》、天変《てんぺん》・災《さい》旱《かん》による改元《かいげん》である。前に記したとおりこの年の正月三日、一条《いちじよう》天皇の女御《にようご》、中宮定子《ちゆうぐうていし》は落《らく》飾《しよく》の身でありながら職御曹司《しきのみぞうし》より登華殿《とうかでん》へと再び入内《じゆだい》している。その十日後の改元が、定子とその女房《にようぼう》たちの心に如何《いか》なる影を落としたのか、世の人々は知るよしもない。

なき子は、この年の二月終わりごろ、「少し春あるここちこそすれ」という下《しも》の句を投げかけられ、「空寒《さむ》み花にまがへて散る雪に」と上《かみ》の句を返している。奇《く》しくも藤原道長《ふじわらのみちなが》の愛娘《まなむすめ》、彰子《しようし》が着裳《ちやくも》の儀《ぎ》を終え、従三位《じゆさんみ》を与えられたばかりのころである。

春を待ち望みながらも、刻《とき》の流れを止めたいと願った。刻が流れれば必ず彰子は入内する。

今や道長の傀儡《かいらい》と成り下がった主上の訪《おとな》いは望めなくなる。

脩子《しゅうし》が攫《さら》われた夜、主上みたいにくちづけて、と泣き暮れる定子に請《と》われたとき、なき子の胸の中には冷たい風が吹いた。悲しみとも寂しさとも違う、虚《きょ》に似た匂いを帯びた風だ。主《あるじ》のただひとり求めている人が、主上であること。それが大人の定めた政略によるものではなく、本心であること。もし他に思い人がおれば、あのように苦い涙を流しはしなかったであろうに。

思えばなき子が出仕《しゅっし》し、すでに六年が経っていた。仕《つか》え始めた当時は少年のようだったこの国の神も六年のあいだに随分《ずいぶん》大人び、時おり垣間《かいま》見える姿は今や精悍《せいかん》な青年へと成長している。落飾し橘《たちばな》邸へ下がっていた一年だけでも、見違えるほど大人になった。主上として、というだけでなく心を惹《ひ》かれるのも無理はない。

願いむなしく春を過ぎ、定子の体調は優れず臥《ふ》せがちになっている。

神も仏も、定子を見放したとでも言うのだろうか。

五月雨《さみだれ》の夕刻は指先まで冷たく、まこと神にも仏にも見放されたかのような闇《やみ》が、静かに登華殿を覆《おお》う。

＊

その日は珍しく雨が降らなかった。そして神が見放したのは定子とその女房たちだけではなかった。

「中宮様、女房殿、内裏《だいり》よりお出ましくだされ！」

靭負《ゆげい》が口上《こうじょう》もなく登華殿の庭へ駆け込んできたのは、六月十四日、久方《ひさかた》ぶりの晴れた夜、雲間に覗《のぞ》く星を見上げているときだった。珍しく楽《がく》の音《ね》も聞こえて来ず、庭には夏の虫が鳴いているだけだ。時おり通り抜ける夜風が気持ち良い、などと話していたところだった。

「何事です騒々しい」

宰相《さいしょう》の君《きみ》が立ち上がり、階《きざはし》の下に跪《ひざまず》く男へ厳しい声で問い質《ただ》す。

「内裏内にて出火しており延焼《えんしょう》のおそれがございます。職御曹司へ車の用意が整っておりますので……」

内裏のどこだ、と尋《たず》ねるより前に、靭負の声を遮《さえぎ》るように、定子が半ば叫んだ。

「主上は、主上はご無事なの!?」

内裏の炎上はこれまでも幾度かある。今上《きんじょう》の御世ではないが、過去には清涼殿《せいりょうでん》がすべて焼け落ちた例《ためし》がある。

「ご無事にございます。先ほど太政官《だじょうかん》へと遷御《せんぎょ》あそばされております」

「ならばわたくしも……」

中宮様は職御曹司へ、と靭負は遮った。それが大臣《おとど》のご指示である、と。

なき子と宰相の君は災時《さいじ》であるにも拘《かかわ》らず冷静に顔を見合わせた。太政官と職御曹司は、登華殿と清涼殿よりも遥かに距離がある。一度離れてしまえば、また主上が定子のところへ通うことは困難になる。焼け落ちた殿舎《でんしゃ》の修復には通常、半年から一年を要する。

「火つけをしたのは誰なの」

眉《まゆ》を吊り上げて詰問《きつもん》する宰相の君に、靭負は「失火と聞いております」としか答えない。言《こと》伝《づて》の迅速さからして失火のはずがない。この晴れた日を狙《ねら》って誰かが故意に火をつけたに決まっている。

「……おかあたま」

何かを勘《かん》づいたか、近頃立てるようになった脩子が、硬い表情のまま立ち尽くす母の膝《ひざ》のあたりにそっと寄り添った。

「脩子、またここから出てゆかなければならないわ。これから皆で職御曹司へ向かうことになるの」

定子はしゃがみ込み、小さな娘の肩を抱く。

「あちらのほうが、好きよ。広くて明るいもの」

脩子は母の顔を黒々とした瞳《ひとみ》でじっと見つめ、答えた。忙《せわ》しない鼓《つづみ》の音が聞こえてくる。風がきなくさいが見上げる夜空には火焔《かえん》の欠片《かけら》も見えない。出火したのがどこなのかさえ判《わか》らぬまま、定子とその女房たちは慌《あわ》ただしく登華殿をあとにすることになった。

職御曹司に着いたのはすでに夜明けを迎えたころだった。そこは以前と同じく整えられており、まるで昨日まで暮らしていたかのように思える。

明け方にかけてほぼすべての女が各々《おのおの》の局《つぼね》にて水の中に沈むように眠った。なき子も例外ではなかったが、定子だけは寝つかれなかったらしく、起床を知らせる鼓が聞こえてきたあと、顔を合わせたら目の下が青く落ち窪《くぼ》んでいた。

「お休みできませんでしたか」

「思い出してしまって。二条邸《にじょう》がなくなった日のことを」

「…………」

伊周《これちか》と弟の隆家を匿《かくま》ったと言われ、打ち壊されかけた定子と原子の生家だ。倒壊は免《まぬが》れたが、すぐのち、館《やかた》は炎上した。

すでに夏の色合いの打掛《うちかけ》を羽織《はお》らされている最中も、頭が痛むのかこめかみの辺《あた》りを指先で揉《も》んでいる。

どこまで定子を追い詰めたら気が済むのだろう、となき子はその姿を見て唇を噛《か》む。藤原道長はそれほどまでに自《みずか》らの血を受け継ぐ天子が、即《すなわ》ち己《おのれ》の傀儡がほしいか。

「少納言《しょうなごん》」

なす術《すべ》もなく突っ立っていたら、宰相の君に呼ばれた。あまり眠れなかったらしい宰相の君の顔も浮腫《むく》んでいる。呼ばれるままに母屋《もや》を退出し、彼女の局を訪れると、低い声で言われた。

「もしかして、お方様《かたさま》、ご懐胎《かいたい》あそばされてらっしゃるかも」

「……えっ⁉」

思ってもいなかった言葉に、声が裏返る。

「気づかなかった？　以前お姫様を身籠《みご》もられたときも、あのようなお顔色だった気がするの。それに昨晩も登華殿ご退出の際に、お腹《なか》をかばっていたもの」

気づかなかった。からかわれているのかと思って宰相の君の顔を見つめるが、真剣そのものだ。しかしながら月毎《つきごと》の物忌《ものい》みもあった。悪阻《つわり》の気配もなかった。

「何故《なぜ》、そのことをわたくしたちに教えてくださらないのでしょう」

なき子が尋ねると、宰相の君は呆《あき》れ顔で溜息《ためいき》をついた。

「あなた、本当に京《みやこ》の才女と呼ばれた女なの？　昨年のあの騒ぎを思い出して御覧なさいよ」

「……ああ」

少し留守にしたあいだに、脩子が「式部《しきぶ》の君《きみ》」と呼ばれる女に攫われ、あわや命を奪われる危機に晒《さら》された。姫である脩子の践祚《せんそ》はありえないが、過去に遡《さかのぼ》れば女の帝《みかど》の統治《とうち》した御世もある。道長は小さな萌芽《ほうが》でも確実に摘《つ》み取っておきたいのだろう。あれからしばらく、定子は脩子を手元から離さなかった。

「大臣に知られたら、次こそ何をされるか判《わか》らないでしょう」

「もしご懐胎されていたとして、お生まれになってもいないのに」

「お方様のお命が狙われることだってありうるわ」

「そんな、むごいことを」

いくらなんでもするわけがない、と言いかけてなき子は口を噤《つぐ》んだ。今までの一連の出来事を考えれば、どんなむごいことでも躊躇《ためら》わずにする男だった。しかも自らの手を穢《けが》すことなく、誰かの所為《せい》にして。なき子は脩子の世話をしていた乳母《めのと》のゆくすえを思う。逃げ切ることができなかったならば、おそらくもうこの世にはいないだろう。

誰も信じられなくなっているのかもしれない、わたくしたちのことでさえも。そう宰相の君は言った。

「主上は、ご存じなのでしょうか」

「おそらくね。主上ならば、ほかの誰にも言い広めはなさらないでしょうし」

母屋から定子が出てくる。じっと目を凝《こ》らしてその姿を、腹の辺りを確認しても、十二単《じゅうにひとえ》では判りようもなかった。

もし定子が、宰相の君の言うとおり本当に身籠もっていたのだとしたら。

定子に仕える女房たちの願い、何よりも主である定子の願いは叶《かな》ったことになる。脩子が生まれたとき、その赤子が女であったことに、誰も口に出さないが誰もが僅《わず》かに落胆した。男であったならまた別の煩悶《はんもん》もあろうが、定子がここまで辛苦《しんく》することもなかった。もし二人目が男だったら、と思うと、不安と喜びの入り混じった気持ちが胸中を渦巻く。

伊周に会いたい、となき子は思う。近頃姿を見せていない。定子のところへ年始の挨拶《あいさつ》には来たが、それきりだ。すでに年を跨《また》いで半分が過ぎていた。兄の伊周には懐胎を知らせたのだろうか。

願いが通じたのか、宰相の君から話をされた二日後、伊周から定子への文《ふみ》があった。職御曹司に移ったことを案じる文だったが、近々訪ねたいと思う、ともあった。

「おにいたまが、来るの？」

定子に纏《まと》わりついていた脩子が母の顔を覗き込んで尋ねる。

「そなたにとってはおにいたまではなく、おじたま」

幾分《いくぶん》か穏やかな顔をして、定子はもう耳にかけられるほどに髪の伸びた娘の頭を撫《な》でる。柔かい髪の毛を梳《す》きおろし、つやつやとした娘の頬《ほお》に指尖《ゆびさき》を触れた。

「おじたまが来たら、少納言が喜ぶわね」

「……えっ⁉」

身籠もった子が男なのか女なのか、真剣に悩んでいたところにいきなり名指しされ、なき子は驚いて一気に頬が熱くなる。

「お方様、おふざけはおやめくださいませ」

「良いじゃないの」

「わたくしはもう、年増《としま》を通り越して婆《ばば》でございます。殿方とどうこうなろうという歳にはございませぬ」

「昔は五十を過ぎて寺の僧と恋に落ちた皇后《こうごう》様がいらしたそうよ。それに比べれば少納言はまだまだ若いわ」

「皇后様とわたくしでは立場が違います」

つまらない、と定子が溜息混じりに言うと、脩子までもが「ちゅまななない」と頰を膨《ふく》らませて繰り返した。どういう顔をすれば良いのか判らず、なき子はただ脩子に向かって微笑《ほほえ》む。

六月の終わり、京《みやこ》は猛暑で、職御曹司の庭には陽炎《かげろう》が立ちのぼっていた。もとより宮廷の行事には好んで顔を出さない定子は、主上と離れてしまったこと以外、職御曹司への移居を幸いと思っているようにも見える。日々成長する娘に歌を教えたり文字を教えたりの平穏な朝夕に喜びを見出《みいだ》しているかにも見えた。

文があってから二日後、本当に伊周が職御曹司を訪れた。夕立の来そうな青鈍《あおにび》を帯びた雲が西のほうの空に垂れ込める昼間である。久方ぶりの対面だったためか、定子はすぐに御簾《みす》を巻き上げさせた。

「お顔色がすぐれませんね、中宮様」

伊周は露《あらわ》になった定子の顔を見て、眉を顰《ひそ》め言った。笑みを湛《たた》えていた定子の顔は一瞬強張《こわば》る。宰相の君となき子も思わず目配せをし、これ以上伊周がその顔色の悪さについて言及しないことを願った。しかし定子はしばらくの無言ののち、人払いを命じた。

女房たちは伊周を残し、言われるままぞろぞろと母屋を出てゆく。中には庭に下りる者もいて、雨が来る前の不思議な色の空を眺《なが》め上げていた。遠い空で稲光《いなびかり》が閃《ひらめ》くたびにその鮮麗なさまに声を上げる。なき子と宰相の君は簀子《すのこ》に出て、他の女たちと同じように並んで空を眺めた。

伊周の顔を見及べて、なき子の胸のうちは恥ずかしくなるほど華やいでいた。

「……口元が緩《ゆる》んでいてよ、少納言」

隣の宰相の君が静かに戒《いまし》める。慌てて顔を引き締め、なき子は問うた。

「大臣の娘の入内はいつなのでしょうね」

「今年の晩秋《ばんしゅう》よ」

さあ、という答えを想定していたなき子は、その明確な返答に驚いた。

「何故《なにゆえ》、ご存じなのです」

「大臣の側《そば》に仕えていても大臣を良く思わない公卿《くぎょう》はこの内裏に大勢いるのよ」

北家《ほっけ》に生まれても北家を潰《つぶ》したいほど憎く思うわたくしのようにね、と宰相の君は口の端《は》を歪《ゆが》めた。その者らとつながりを持ち、大臣の思惑《おもわく》をときどき知らせてもらっているのだという。

「大臣の姫が身籠もる前に皇子《みこ》様がお生まれになれば、お方様はもう御身《おんみ》のゆくすえを案ずることなく常寧殿《じょうねいでん》へいらっしゃれる、わたくしたちも共に。祈りましょう、少納言」

膝の上に置いた手を、力の籠もった手で握られ、なき子も頷《うなず》いた。そのとき、

「いつの間にそれほど仲睦《なかむつ》まじくなったのだ、そこの年増ふたりは」

と、伊周の声が降ってきた。宰相の君は振り向き、わざとらしく微笑みながら答えた。

「わたくしたちもとより似たもの同志ですわ。お方様とのお話はお済みになりまして？」

「ああ、済んだ」

伊周はそう言いながら、袖《そで》から折りたたんだ小さな切紙《きりがみ》を取り出し、宰相の君に手渡す。

「まあ、恋文ですの？」

「そなたのように厳しい添削《てんさく》をする女房に恋文など書けぬわ。あとで少納言とふたりで読むと良い。読み終わったら香炉《こうろ》にくべて燃やしてくれ」

この時期は炭櫃《すびつ》がないから、と言って伊周は階を下りてゆく。が、途中で振り返り、なき子を呼んだ。なき子は弾《はず》む鼓動をどうにか抑えながら立ち上がり、階を下りる。伊周は側に寄ったなき子の耳元で、低く言った。

「詳しいことは文に書いたが、中宮様は今、御身《おみ》持ちだ。少納言、そなたが側で支えてやっておくれ」

――やはり。

なき子は真実を確かめるように伊周の顔を間近に見つめる。初めて出会ったときから六年

経っても、変わらず男の顔は美しかった。

「……また来よう」

「……お待ち申し上げております」

噎《む》せ返るほどの伊周の薫物《たきもの》の香りに、なき子は数年前、一度だけ頬にくちづけられたことを思い出す。忘れようとしても忘れられなかった。


伊周の書付《かきつけ》には、思っていたとおり定子が身籠もっている旨《むね》が記《しる》されていた。

今年の初めにはすでに月のさわりはなく、しかし昨年の脩子の誘拐《ゆうかい》があったことにより誰にも明かせなかったのだという。高階邸《たかしなてい》へ再度の里下がりの時期を迎えるまでくれぐれも他言せぬように、とあった。宰相の君の言い分が正しいのなら来年の春、彰子が入内するまで道長は定子の身辺を特に執拗《しつよう》に探るだろう。

数日後、脩子が寝たあと宰相の君となき子だけが、定子の曹司《ぞうし》に呼ばれた。

「お兄様から聞いたかしら」

なにを、とまで明かさない定子の問いに、ふたりは揃《そろ》って頷いた。

「情けないけれど、他の女房を疑ってしまうの。みな少納言が来る前からわたくしに仕えてくれている娘ばかりだけど、わたくしの知らないうちにどこかで大臣と通じているのではないかと」

定子の懸念《けねん》は半分当たっていた。今まさにことを打ち明けた宰相の君は、道長のやりかたに不満を持つという側近たちとつながっている。これが宰相の君を油断させるための道長のやり口なのだとしたら、宰相の君が彼らに事実を漏らしたら、道長はたちまちに定子の次なる子を排除しにかかるだろう。

その宰相の君が得た情報によれば、道長は長らく病《やまい》に苦しんでいるのだという。重篤《じゅうとく》なものではないが、身体《からだ》の具合が優れぬことを理由に政務を休むことが多く、顔色も悪い。

かつて伊周が捕らえられ太宰府《だざいふ》へ遣《や》られた際の罪には「藤原道長に呪詛《じゅそ》した」ことも含まれていた。たしかに当時、道長は病に臥せっていた。

――身体の不調は、言霊《ことだま》がまことを生んだ終わりなき伊周の呪詛か。

その話を聞いたとき、なき子は思った。あるいは、彼に恨《うら》みを持つあまたの者たちの念か。

しかし、ある意味なき子は腑《ふ》に落ちた。おそらく道長の立場は長くない。存命のうち、どうにか娘の彰子を国母《こくも》にせんと焦りを感じているのだろう。そして、道長と自分がほぼ同じ年であることを思い、いずれ均《ひと》しく自らの身も病に蝕《むしば》まれるのだろうかと、そら恐ろしくなった。

「わたくしたちをお信じくださいませ。何があろうと、天子《てんし》様ご誕生までお守りいたします」

泣きそうな顔をした定子に、小さな声で、しかし力強く宰相の君は説いた。

「主上にお仕えする蔵人《くろうど》たちも、お里下がりのあいだお方様の御身をずっと案じられていました。今は遠くに離れていても、主上は必ずお方様を思ってくださります」

なき子は宰相の君の言葉を聞きつつ、敵方ながら道長のことを案じ、憐《あわ》れに思う。人の欲のどれほど深いことか。死んでしまっては創《つく》り上げた栄華など砂楼《さろう》に類《るい》する。死ねばそこで定子の苦しみは終わりだが、刻み込まれた憎しみは消えないだろう。

人を呪い殺すことができるのならば、道長を呪いたい。けれど、彼の心に巣くう鬼を、その胸に腕を突っ込んで取り除いてやりたいとも思った。

式部の君、と呼ばれる女を思い出した。

八月、夏も終わり秋の涼やかな夜風が曹司を吹き抜けるようになるころ、定子の腹はもう隠し通すことができないくらい大きくなっていた。

定子は登華殿のすべての女房を連れ、伊周が罪に問われたときと同じ、高階家へと下がる。表向き、里居は先の但馬守《たじまのかみ》、平《たいら》の屋敷となっていたが、なき子は則光《のりみつ》を利用し秘密裏《り》に滞在先を変えさせた。

昨年郭公《ほととぎす》の声を聞きに向かった屋敷はこの高階明順《あきのぶ》の別邸で、京《きょう》より遠く離れたほうが不安は小さくなると判断し、数日のみ平の本邸に滞在したのち、定子たちは役人に知らせることなく密《ひそ》かに賀茂川《かもがわ》を越えた。

なき子は平の屋敷に滞在した日のことを克明に草子《そうし》に記した。門が小さすぎて女房車が入らなかったこと、夜になって屋敷の主が滑稽《こっけい》なほどしつこく局を訪ねてきたこと。定子がこの滞在を心より楽しんでいること。

明順の別邸に移ってから、主上に懐胎の事実を告げる文を遣いに託す。一緒に、平邸に滞在している様子を記した草子を渡すように言った。間違いなくこの文と草子を、道長は読むだろう。そして平の屋敷に何らかの招かれざる客を寄越《よこ》すだろう。

昨年、同じ場所で少女のときと同じ無邪気な笑顔を見せた定子の顔は、別人のように浮腫み、身体も一歩足を出すだけでも億劫《おっくう》そうに見えた。

「きっと皇子《おうじ》よ」

京から遠く離れた別邸の簀子の高欄《こうらん》に凭《もた》れ、高くなった空を眺め、定子は言った。

「何故《なぜ》そうお思いに？」

「なんとなく、判るの」

定子はなき子の手を取り、帯を緩めた袿《うちき》の上から、そっと腹を撫でさせた。自分が四人の子を身籠もり産んだ感覚をなき子はすでに忘れていたため、薄い腹の中で微《かす》かにうごめく胎児を感じ、くすぐったいような懐かしさが溢《あふ》れた。

一《いち》の君《きみ》はすでに出仕しているという。二の君もそろそろだ。娘たちにはすでに通う男があるのだろうか。則光に尋ねてみたい気もするが、男親の気持ちを慮《おもんぱか》ると、できない。

定子の予言のような言葉は、しかし女房たちに希望を与えた。すでに入内しているふたりの女御にはまだ男子がない。両親やきょうだいという後《うし》ろ盾《だて》を失った定子とその女房たちは、内裏では以前と比べ物にならないほど肩身の狭い思いをしていた。ほかの殿舎の女房たちからは稀《まれ》に顔を合わせると「尼が住むところではない」「咎人《とがにん》を宗親《そうしん》に持つ女」などと言われ、悔し紛《まぎ》れになき子が楽しげな草子を書いて回そうものなら、真っ先に飛びついて読み、「見栄を張って」と嘲笑《ちょうしょう》される。

針の筵《むしろ》のごとき苦しみは、定子が国母になることですべて終わる。

内裏を離れ、定子はよく笑うようになった。館には雅《みやび》な楽の音もなく、聞こえるものは虫の声や鳥の鳴き声、風が通り抜けるとき湖面の漣《さざなみ》のように揺れる竹の葉擦《はず》れだけだ。慣れない様子で稲を扱う女たちの姿に笑い、鳥を捕まえようとして転んで泣き叫ぶ脩子の姿に笑う。脩子の遊び相手にと、年の近いふたりの女童《めのわらわ》が屋敷《やしき》に滞在しており、子供たちの庭に遊ぶ姿は大層愛くるしかった。

笑い声に溢れ優しかった秋は瞬《またた》く間に過ぎゆく。厳冬の訪れと共に、原子《げんし》が前触れの文もなくやってきた。

「そなた、どうしてここを」

来客として目の前に現れた妹の姿に、定子は目を丸くする。原子は膨れっ面で姉を詰《なじ》った。

「お姉様ずるい。わたくしも連れてきてくだされば良かったのに」

「そういうわけにもいかないわよ、なにしろわたくしは別の館にいることになっているのだから。それに主上もお赦《ゆる》しにならないでしょう」

「主上がお教えくださったのよ。お姉様が寂しがっているだろうから遊びに行っておいでって」

「そんな、春宮《はるのみや》様は」

「……ほかの妃《きさき》のところに行きっぱなし」

だから里下がりの許可もすぐに下りたのだという。叱《しか》るわけにもいかず、定子はただ妹の顔を見つめた。入内してだいぶ経つが、彼女にはまだ子がない。同じ春宮妃である宣耀殿《せんようでん》は身籠もっているとかいないとか、そういう話を内裏を出る前に聞いた。

「きりつぼたま！」

奥で遊んでいた脩子が顔を出し、原子の姿を見て嬉しそうによたよたと近寄ってゆく。

「姫君、まあ大きくなられて」

脩子の身体を抱きとめ、原子はその頭を撫でた。

「もうすぐ弟か妹ができますわね、姫君。楽しみでしょう」

原子の言葉に脩子はきょとんとした顔で母と叔母《おば》を見比べる。

「楽しみ、と言っておきなさいませ、こういうときは」

笑いながら定子は言った。たのしみ、と鸚鵡返《おうむがえ》しに脩子は答えた。その様子があまりに可愛らしく、見ていた女房たちは揃って頰を緩ませる。

定子はすでに臨月を迎えていた。主上のはからいで、原子は赤子が生まれるまで滞在が許可されているのだという。慌てて曹司を用意しようとした女房たちに、原子は首を横に振った。

「お姉様と一緒の曹司で構《かま》わないわ。一緒にいたいの」

ねえ姫君、と姪《めい》に同意を求め、訳《わけ》も判らず脩子は頷き、再び女たちは愛らしさに笑い声を上げる。

どうかこのまま、今の刻《とき》を永遠に留《とど》め置きたいとなき子は願った。すべての煩《わずら》わしさから逃《のが》れ、仲の良い姉妹が共に笑っていられるようにと。


原子が館を訪れてから四日後、定子の陣痛が始まった。脩子が生まれたのは雪の日の早朝だったが、この日、雪の気配はなかった。ただ身体の芯《しん》まで凍《こご》えるように寒い。

懐抱《ふところだ》き、腰抱《こしだ》きがなき子や原子たちと共に曹司に控える。袿の端を嚙み締めながら、定子は青黒い顔に脂汗《あぶらあせ》を浮かべ、痛い、痛い、と呻《うめ》いた。祈禱《きとう》の声明《しょうみょう》が聞こえ来る中、誕生のときを待つ。

「お姉様、しっかり」

骨が砕ける恐れがあるから、と言われて手を握ってやることもできず、原子は涙を浮かべながら姉を励ましていた。

「う、ああっ」

陣痛が始まってから四刻あまり、一睡もせず側に侍《はべ》っていた女たちの耳に、一際《ひときわ》高い声が突き刺さる。

「お方様、息を吸って、吐いて、力を入れてくださいまし」

「痛い、助けて、主上」

「もうすぐでございます、もうじき楽に」

前懸《まえが》かりの女は定子の脚の間に両の腕を突っ込み、頭が出てきていることを告げた。女たちは薄暗い曹司の中で息を吞《の》む。

やがて、断末魔《だんまつま》とも思える叫びと共に、天子となる赤子が引きずり出された。血塗《ちまみ》れの小さな身体を前懸かりが確認し、震える声で言った。

「……皇子様にございます」

産声《うぶごえ》が響き渡る。赤子の泣き声に、定子の泣く声が混じった。それこそ空が割れるのではないかと思うほどの大声で、赤子のように定子は泣いていた。

「ご立派にございます、お方様」

なき子のみならず、宰相の君まで目の端に涙を浮かべ、震えながら頭《こうべ》を垂《た》れる。この日を大勢が待ち望んでいた。登華殿に暮らしていたすべての女の悲願であった。

清拭《せいしき》された皇子は真っ赤な顔をして定子の腕の中で母の手と乳を求める。脩子は珍しそうに赤子の姿を眺めていた。

同じころ、本来であれば定子たちが滞在しているはずの平の屋敷が炎上した。遠く離れた場所で新たな天子の誕生に心躍《おど》らせ、ゆくすえに垂れ込める暗雲の存在さえ忘れている定子たちは、その事実を知らない。

＊

京《きょう》には雪が降っていた。内裏の奥、ひとりの女が簀子に佇《たたず》み、口の端に笑みを湛《たた》えて舞い降りるあまたの雪片《せっぺん》を眺めている。薄く雪の降り積もる壺庭《つぼにわ》は、藤壺《ふじつぼ》と呼ばれる飛香舎《ひぎょうしゃ》のものだ。

女の横に、年若い、それこそ女の娘のような年頃の女がやってきて、白い息を吐きながら同じように庭を眺めた。秋の氷雨《ひさめ》に黒く染まっていた庭石を雪は白銀に染め抜き、低い庭木の枝の上には柔かそうな、もろく儚《はかな》い雪片が折り重なっては、ほろほろと崩れてゆく。

「ねえ式部、そなたならこの庭をどう詠《よ》む？」

年若い女は尋ねた。女はそんな若い女に笑みを返し、掠《かす》れた声で問い返す。

「それは、かつて中宮様が新入りの女房にお尋ねになったような、そういう答えを期待していらっしゃるのですか？　香爐峯《こうろほう》に降る雪のよう、とでも詠みましょうか」

年嵩《としかさ》の女の問いに、年若い女は唇を尖《とが》らせて答えた。

「『中宮様』は、もうわたくしよ」

「……気の早《はよ》うございますこと」

女は喉《のど》の奥で声をたてずに笑った。

「時間の問題よ、もし定子が生きていたとしても、主上にはこれからもう二度と触れさせないわ。わたくしが中宮になり、皇子を産んで国母となるのよ」

熱に浮かされたように、年若い女は笑みを湛え空を見上げた。

「お手並みを見せていただきましょう」

「そなたもね、式部。少納言とやらをどうするか、見ものだわ」

女は少し考えたあと、思い出したように呟《つぶや》いた。

「ああ、……いつぞやの物乞《ものご》い」

「物乞いではなく女房よ、定子の」

若い女は不思議そうに女の言い間違いを正す。年嵩の女は何も知らない女を見つめ返し、左《さ》様《よう》でございましたか、と言ってにっこりと微笑んだ。


——間に合った。しかし、間に合わなかった。

定子は生まれた皇子を乳母《めのと》に引き渡し、疲労のため寝込んでいる。

御子《みこ》が生まれたのは十一月七日。同日、藤原道長の娘、彰子が内裏にて女御宣下《せんげ》されていた。

「……やはり知らなかったのだな」

雪の中はるばると館を訪ねてきた則光は、溜息と共に言った。

「表向き、別の屋敷にいることになっているのですもの、文のひとつも届かないわ」

なき子は答えた。寒さのせいだけではなく、手のひらが冷たい。則光が伝えたのは、その、滞在していたはずの館に火が放たれたこと、定子が御子を生む六日前に彰子が入内したこと、女御宣下が行われたすぐのち、彰子を中宮に祀《まつ》り上げる動きがあること、であった。

「大臣の娘が中宮に即位とは、どういうことです」

「言葉のとおりにございます。今上の中宮様は位階を廃《はい》され、最悪、御子様がお世継《よつぎ》ではなくなる恐れが出てまいります」

宰相の君の問いに、則光は冷静に答えた。

「誰がそのような……これは愚問ね」

十一月七日、御子が生まれたすぐのち、遣いを出し主上に文を宛てた。生まれた子が男子であったことと定子が無事であることを伝える文だ。その日の夜に平の屋敷は炎上した。そして同日、彰子が女御となっている。誰が、という問いの答えは明らかである。

定子が寝ているのが幸いだった。則光と宰相の君となき子は三人で、定子には事実を伝えないよう取り決めた。女が子を産むとき、それはいつも命懸けだ。命を賭《と》して産んだ子が亡き者とされようとしていることを知れば、定子の命までもが危《あや》うい。

則光が帰ったあと、なき子はひとり雪の積もった庭に下りた。

「何をしているの、身体に障《さわ》るわよ」

宰相の君が簀子の上から声をかけてくる。

「一緒に雪山を作りませんこと？　いつだか雪山を作ったときは賭《か》け事をしましたけれど、それと同じで。皇子様のゆくすえが明るいものであるよう願いをかけて」

なき子は宰相の君を見上げ、言った。他の女たちが顔をのぞかせ、ひとりふたりと階を下りてきた。その様子に宰相の君は溜息をつき、それでも同じように裾《すそ》を持ち上げ、雪原へ下りる。

「寒い……」

白い空間に、花が咲いたように女たちの装束《しようぞく》が鮮やかだった。そんな中でひとりの女が小さな雪球《ゆきだま》を作り、近くにいた女へと投げつけた。

「いやっ、冷たい」

ぶつけられた女は抗議の声を上げつつも笑顔で、自分も雪球を作ってほかの女に投げつける。そのあとは、散々な有様だった。ほどなくしてなき子もどこかから雪球をぶつけられ、破片が首元から胸に入って、声を裏返らせる。中には宰相の君にぶつけた猛者《もさ》もおり、宰相の君は鬼の形相《ぎようそう》で応戦した。

「……何をしているの」

ほどなくして庭の雪をぼこぼこにさせながら騒いでいる女たちの声に起こされたらしく、眠たげな顔をして定子が姿を現す。頭から雪まみれになっている女房たちを見て、定子は目を丸くした。

「ちょっと少納言、宰相。そんなことしてたらおまえたち死ぬわよ。年なのだから身体のことを考えなさい」

「お気遣い嬉しゅうございます。けれどやられたらやり返さないと気が済みませんの」

思いのほか白熱していた宰相の君は、顔を真っ赤にしながら定子に返した。定子はその返答を受け、屈《かが》んで、階の端に積もった雪を手で掬《すく》い取った。そしてそれを手のひらで丸め宰相の君目掛けて投げつけた。ひょろひょろと雪球は力なく飛び、宰相の君の膝の下あたりに当たって崩れる。

「お方様……」

「やり返して御覧なさいな」

いたずらが楽しくて仕方ない少女の顔をして、定子は命じた。

「気が済まないのでしょう？」

まさか仕える主に向けて雪球をぶつけられる女はいない。一斉《いっせい》に静かになったところを見計らい、定子は笑いながら言う。

「さあ、年増ふたりが死なないうちに中にお入りなさい。目の前で死なれたら夢見が悪いでしょう。ふたりは早く火に当たりなさい」

屈託《くったく》なく笑う定子の顔は、やつれてはいても、雪中に力強く密やかに咲く花を思わせた。

何があろうとこの美しい笑顔を保ってやりたかった。


定子が内裏へ戻ったのは翌年の二月、どこが焼け落ちたのか判らない内裏は、すでに修復が済んだとのことである。ふたつの季節を内裏の外で過ごし、主上に会えない心痛を抱えながらも朗《ほが》らかに日々を送っていた定子は、入御《にゅうぎょ》のすぐのち、主上の勅《ちょく》を伝えられた。

すなわち、これより定子は中宮の位を退き、皇后となる。

一条天皇の中宮は、女御の彰子となる。現在彰子は立后《りっこう》すべき宣旨《せんじ》を享《う》け内裏を出ている。入内ののちはすぐに中宮として主上の側に侍ることになる。

今までの皇室において、ひとりの帝にふたり中宮がいることはなかった。ほかの妃がどれほどの寵《ちょう》を享けていようと、中宮はひとり、それは中宮となるさだめを持つ女にとって唯ひとつの矜持《きょうじ》だった。

ひとりの帝に中宮がふたり。ひとりは皇后となり立場を廃される。則光が言っていたことはまことことなった。

自らの手で皇太子となる皇子を抱き、定子は御簾の内側で遣いの言葉をじっと聞いていた。正式な書状は宰相の君が受け取り、彼女はすぐさまそれを手のひらに握りつぶした。

しかし、絶望の中にも希望はある。

定子の入御の夜、待ちきれなかったといった態《てい》で、定子には主上のお召《め》しがあった。啜《すす》り泣きに似たふたりの睦《むつ》み言を几帳《きちよう》のこちら側で聞きながら、人の位と愛はどちらがより強固なのだろう、となき子は思った。そして、すべての人に望まれて生まれてきたはずの皇子が、薄い靄《もや》の中に消えゆくのが見えたような気がした。

皇子は二月十八日、無事に御百日《おひやくにち》を迎え、小さいながらも意思を感じられるようになった。凜々しい面立《おもだ》ちの御子である。

その七日後、清涼殿にて主上の御前《ごぜん》でふたりの女へ宣下がなされた。女房たちはその儀の最中は立ち入れず、登華殿にて主の戻りを待つ。

如何なる顔をして定子は宣旨を拝するのだろうか。

そして如何なる顔をして主上は愛する女を遠ざけるのだろうか。

定子が清涼殿より戻る前、女官《にょかん》から定子宛てに文があることを知らされる。

「誰から?」

「藤壺のお方様の女房殿にございます」

受け答えた女官は、女房たちの顔色がさっと変わったことに驚き、走るように逃げ帰る。

渡された文箱《ふばこ》を、定子の戻る前に開けた。

「この手蹟《て》……」

覗き込んだ文に記された字には見覚えがあった。「式部の君」と呼ばれる女の手蹟だ。

――あの鬼。

早う殺しておけば良かったわ、というぞっとするほど冷たい女の声が蘇《よみがえ》る。

『中宮様』が『皇后様』に挨拶に参りたいと」

文を手にしていた宰相の君が、見えないところにいる女たちに伝えるため、内容を声に出す。辺りがざわつき、口々に抗議の声が上がった。宰相の君は下唇を嚙み、目を瞑《つぶ》って女たちの声を聞いていた。しかし、しばらくののち劈《つんざ》くような声が響いた。

「黙れ！」

おそらく共に登華殿に勤めてから初めて耳にする彼女の乱暴な大声に、女たちは身を竦《すく》ませて口を閉じた。そして一斉に、宰相の君を見遣《みや》る。

「……ここでお方様が大臣の娘の御目見《おめみ》えを受けなければ、ますますお方様のお立場は悪くなる。戦《いくさ》ならば敵前で逃げるも同じこと。わたくしたちが堂々とお迎え申し上げなければ恥をかくのは己《おの》が主だと、長年仕えたそなたたちならば判るであろう！」

曹司は水を打ったように静かだった。

「少納言、返文《かえしぶみ》を書いて。明日にでもおいでくださいませと。うんと美しい、上等な紙で」

「お方様のご判断を仰《あお》がなくてもよろしいのですか？」

「結構よ。お方様が反対できる理由はひとつもないのだから」

たしかにそうだ。なき子は局に戻り、「うんと美しい」紙を探した。

夜、伊周が単身で登華殿を訪ねて来た。職御曹司で話をして以来の来訪である。登華殿を、ではない、彼はなき子を訪れた。ほかの女房に案内されて伊周はなき子の局に忍んできた。

「い、いかがあそばされました、大納言様《だいなごん》」

夜支度をはじめていたなき子は、突然のことに驚き几帳すれすれまで後ずさった。

「大納言様ではない、伊周と名を呼んでおくれと、いつか言ったであろう」

霧雨《きりさめ》に濡れた髪を袖口で拭《ぬぐ》いながら正し、伊周はなき子を見つめた。

「夜遅くに済まぬ、そなたが大臣の姫を登華殿に招く文を返したと聞いた。まことか？」

「……文を書いたのはわたくしです。ご判断されたのは宰相の君にございます」

艶事《つやごと》でなかったことに若干《じやつかん》落胆しつつ、なき子は事実を述べた。

「そうか……」

闇の中でも伊周の顔は美しく、眉間《みけん》に微かに刻まれた皺《しわ》になき子は胸の奥が苦しくなるのを感じた。

「ご心配なされませぬよう、伊周様。わたくしたちは必ずお方様をお守りします」

「わたしが案じているのはそなただよ、少納言」

避ける隙《すき》もなく伊周の腕が伸びてきて、なき子の顔は大きな手に包まれた。

「……っ」

「本当ならば家で子供たちの成長を見守る、平穏な暮らしを送れていたはずのそなたが、物乞いの真似《まね》事までして中宮様のために尽くしている、その姿が不憫《ふびん》でならない」

違う、と言って手を振り解《ほど》くこともできた。定子に仕えているのは自らの意思であり、夫と離縁したとき子供たちとはとうに離されている。むしろ定子に雇い入れてもらえたことにより、新たな生きがいを見出せたのだと、弁明することは可能だった。

けれど、なき子は己の胸の内に渦巻《うずま》くものに流された。定子が主上を求めて泣いた、泣いてくちづけをせがんだ夜のことを思い出す。

「……ならば、くちづけを」

「少納言？」

俯《うつむ》いたなき子の顔を、伊周は覗き込む。

「くちづけをいただきとうございます、あなた様の愛しい方にするように、優しく」

自分の言葉の浅ましさに涙が溢れた。伊周のような若い桂男《かつらおとこ》に相手をしてもらえるわけがない。けれど、請わずにおれなかった。呼吸ひとつの沈黙ののち、顔を包む手に力が籠もった。

そして、柔かな唇の感触があった。

それはなき子の望んだ、優しいくちづけではなかった。唇をこじ開けられ、男の舌がなき子のそれを探す。

——伊周様。

夜具の中、滑《なめ》らかな男の肌が発する熱を自らの肌の上に痛いほど感じながらなき子は、どうか誰にも聞かれることのないようにと願いつつも、幾度もその愛しい名を呼んだ。

生きてゆける、と思った。

朝のうちに登華殿庇《ひさし》の間《ま》の調度は新品に設《しつら》え替えられ、そこに新たな中宮の一行を迎え入れた。女たちも急ぎ用意させた新たな打掛を纏い、定子の側に侍る。

宰相の君となき子は定子のすぐ横に座し、若くきらびやかに装《よそお》った彰子たちを眺めた。

彰子のすぐ横には、なき子が定子の横に座しているのと同じく、あの鬼の女が侍っていた。

定子から声を掛けなければ、彰子は何も喋《しゃべ》ることができない。だいぶ長い間、定子は言葉を発しなかった。吐息すら聞こえなかった。

沈黙の中、なき子は身体中に残った熱を鎮めようと背筋を伸ばす。ふと、伊周の残《のこ》り香《が》が襟《えり》の辺りから立ちのぼり、再び心が満たされる。

相手は重苦しい沈黙にも動じなかった。じっと定子の言葉を待つ。

「……中宮様」

やがて定子が、かつて己の呼ばれていた名で相手の女を呼んだ。

「はい」

微かな揺らぎさえ見せず、今まで会話が行われていたかのように自然に、彰子は応じた。

「飛香舎の壺庭は夏が美しゅうございます」

「左様でございますか」

「お父上にも、見せて差し上げると良いでしょう、大臣が存命のうちに」

初めて彰子が表情を変えた。しかしそれも僅かなものである。

「おまえたちも中宮様の女房殿たちにご挨拶をおし。少納言、まずおまえが」

なき子は頷き、眼前の女たちに目を向け、問うた。

「……式部の方、と呼ばれる女房殿はどちらに？」

「わたくしにございます」

やはり、思ったとおりの女が口の端に笑みを浮かべ、答えた。定子を始め、宰相の君とその名を知っている女たちが一斉に女を見た。明るいところで見る女は、いくらかなき子より年若かったが、彰子との年の差は定子となき子のそれと同じくらいだろう。

「……わたくしの顔に何か？　物乞いの方」

女の言葉に、彰子の女房の数人が静かに笑った。定子の向こうで宰相の君が身を乗り出し、立ち上がろうとする気配があった。なき子は咄嗟《とっさ》に定子の前に腕を伸ばし、それを制する。宰相の君が腰を下ろしたのを確認したのち、なき子は膝を擦《す》って前へ進み出た。

「わたくしはそなたの犯した罪を許します。けれど次はないとお思いなさい。そなたの仕える中宮様は大臣の姫君なれどそなたはわたくしと同じ、ただの女。お判りになりますわね？」

「……さあ？」

式部はなき子を見上げ、微笑んだ。首のうしろが熱くなる。伊周の香りが鼻を掠め、なき子は己の激昂《げきこう》を免れる。そのとき、うしろからのんびりとした声が聞こえた。

「申し訳ないのだけれど、気分が悪いの。宰相、中宮様にお帰りいただくよう申し上げて」

振り向くと、全然気分の悪くなさそうな定子があくびをしながら扇《おうぎ》を手にして煽《あお》いでいた。なんだかお兄様の薫物の香りがする、と言われたとき、なき子はやっと緊張から解き放たれ、すとんと腰を落とした。


生きてゆける。伊周と過ごしたあの一夜を思い出すだけですべての苦しみが和《やわ》らいでゆく。愛しさが溢れ、とてつもなく優しい人になれる気がする。

けれど、死んでしまいたいとも思う。この先二度と伊周に抱かれる夜は訪れないだろう。後《きぬ》朝《ぎぬ》の文もなかった。伊周もあれを一夜限りと考えてのことだろうから。

その日、定子は早々に床についた。他の女たちもまた疲労していたらしく、夜の早くから登華殿は静かだった。なき子は遠くの楽の音を聞き澄ましながら、高欄に凭れひとりで酒を舐《な》めていた。

「どこの男よ、あなたは」

気づかないほど静かな足音で近づいて来たらしい声の主は、案の定、宰相の君だった。

「わたくしにもちょうだい」

酒の入った器を手渡すと、宰相の君は一気に煽り、自ら提下《ひさげ》を取り盃を満たす。

「疲れましたわねえ……」

ぼんやりと空を眺め言うなき子に、宰相の君も力なく頷いた。

「けれどあなたは立派だったわ少納言。わたくしだったら引《ひ》っ叩《ぱた》いていたかもしれない」

「そんなことなさいませんでしょう、冷静なあなた様のことですもの」

「なんだか、年を取って怒りっぽくなった気がするわ」

出仕したばかりのころ、ただひたすらに強くなりたいと思っていた。漠然と、自身の持っていない目に見えぬものを求めていた。出仕してから六年と幾ばくかが経ち、少しは強くなれたのだろうかと思う。死んでしまいたいと願う、うらはらに、生きてゆくための光を得た。けれどその光の先には何も見えない。

「わたくしたち、これからどうなるのでしょうね」

ぼんやりとした問いに、宰相の君もぼんやりと答えた。

「どうもならないわ。今までと同じ、お方様のためにお仕えするだけよ」

「皇子様は立太子《りったいし》されますかしら」

「それよりも前に命をお守りしなければ」

「そうですわよねえ……」

ふたりとも、ぼんやりとした会話をつづけているうちに、そのまま簀子の上で眠り込んでしまった。

翌朝、定子に叩き起こされ、扇によるまことの打擲《ちようちやく》で起こされたのち、ふたりは五日ほど盛大なくしゃみと鼻水と頭痛に苦しんだ。「年増は意外と簡単に死ぬのだから、若い娘のように迂闊《うかつ》なことは慎《つつし》むように」という定子の言葉が、耳にも胸にも痛かった。

七　登華殿

宰相《さいしょう》の君《きみ》が静かに立ち去りひとりになったあと、なき子は床に散らばった金色の粉雪《こゆき》を眺《なが》めた。これがすべての思い出の末路か。

――わたくしたちだけの秘密ですわ。

そんな秘密をこれまでいくつ作ってきただろう。なき子は顔を上げ、行李《こうり》に詰めた草子《そうし》を見つめた。

四季の花のような色とりどりの表紙の中には、あまたの嘘を綴《つづ》ってきた。そしてまたあまたの真実を記《しる》してきた。中宮定子《ちゅうぐうていし》がこの内裏《だいり》で女人《にょにん》の頂《いただき》に在ったという事実を知らせる術《すべ》はもう、この草子しかない。

最初の草子は伊周《これちか》にもらったものだった。これに様々なことを書けば良いと渡してくれた金粉を鏤《ちりば》めた朱色の草子は、すぐにいっぱいになった。わたしにもときどき見せておくれ、と言った伊周の心中《しんちゅう》が、しばらくしてから判《わか》ったからでもある。

伊周は宮中という虎穴《こけつ》へ放り込まれた妹の身を案じていた。男の伊周が妹の身辺を間近に見守ることは叶《かな》わない。だからなき子にその役目を任せたのだ。

悲しげなことを書けば伊周が悲しむ。楽しげなことを書けば伊周は安堵《あんど》する。彼の思惑《おもわく》を知って以来、なき子はなるべく楽しいことだけを書きつづけてきた。きらびやかな生活。華やかな女たちの嬌声《きょうせい》。ときに伊周に案じてもらいたいという気持ちが勝《まさ》り、己《おのれ》に近寄ってきた男のことも記した。誰かの手を介して、それらも伊周に伝わっていたはずだ。

——今思い返せばなんと浅ましい真似《まね》をしてきたたか。

伊周が案じつづけた妹は、帰らぬ人となった。

年増《としま》は意外と簡単に死ぬのだから、若い娘のように迂闊《うかつ》なことは慎《つつし》むように。

定子はそう言って今年の春、簀子《すのこ》で酔いつぶれて風邪をひいたなき子と宰相の君を叱《しか》ったのだ。年増のふたりのほうが死ぬのは先のはずだったのに。

遠くで子供の泣いている声が聞こえる。

子供は迷いなく泣くことができて良い。泣きたい心を草子と共に仕舞い込み、なき子は蔀戸《しとみど》の外へ出る。空が白い雪を降らして泣いていた。

＊

――飛香舎《ひぎようしや》の壺庭《つぼにわ》は夏が美しゅうございます。

――左様《さよう》でございますか。

――そなたのお父上にも、見せて差し上げると良いでしょう、大臣《おとど》が存命のうちに。

四月に彰子《しようし》が入内《じゆだい》し中宮の位《くらい》を得たのちは、定子の存在を誰もが忘れていった。そして大臣こと藤原道長《ふじわらのみちなが》は痩《や》せ衰える気配はあったが、まだ存命であった。夏の壺庭にも詣《もう》でたであろう。彰子と庭を眺め、定子を蹴落とした事実を喜びと共に噛《か》み締めたであろう。

定子は自《みずか》らの宣旨《せんじ》を受け、また彰子の宣旨を聞いたあと、己《おの》が意思で内裏を出た。そう思われたがこれは道長が皇后《こうごう》に「暇《いとま》を出した」のである。春の終わり、花の散るころであった。定子と女房たちは平生昌《たいらのなりまさ》の屋敷《やしき》へと滞在することになる。朱雀大路《すざくおおじ》を下る出御《しゆつぎよ》の列は、大層華やかなものであった。近隣の民たちが通りへ出てきて、平伏《へいふく》しながらも時おり頭を上げ、長い列を眺める。その眼には若干《じやつかん》の憐《あわ》れみが含まれていた。

狭い内裏の中のことである。そう思っていたのに、中宮職が半ば無理やり彰子に与えられ、実質定子が宮中を追われるという事実は、京《みやこ》の、貴族ではない地下《じげ》の民たちにまで面白おかしく知れ渡っていた。

殿上人《てんじょうびと》が地に叩き落とされるさまを窺《うかが》う、輿《こし》の上から定子はその眼差《まなざ》しをどう受け止めていたのだろう。所詮下賤《しょせんげせん》の者、虫の羽音程度の小事と割り切ることができただろうか。

昨年、定子の滞在していたはずの生昌の屋敷は何者かによって放火されたがすでに普請《ふしん》は終わっていた。最初来たときは車が入れないほど狭かった門も、今は拡張され鬼の車でも入れそうだ。西の対《たい》に落ち着いた一行は、屋敷の下女たちの助けを借りて各々《おのおの》の房《へや》を構《かま》える。

「もうこの館《やかた》が火をつけられる心配もないわね」

なき子の隣に几帳《きちょう》を立てた宰相の君は、これから益々青くなってゆくであろう広い庭を眺めながら言った。

「皮肉なことでございます」

ところどころ、まだ火事の痕跡《こんせき》がある。

定子は体調が優れないと言って歓迎の宴《うたげ》を辞退し、早々に床《とこ》に就《つ》いた。昨年生まれた皇子《おうじ》とは離されており、ときおり寂しそうな目をして蛇《へび》の抜《ぬ》け殻《がら》のようにぐんにゃりとしている。

なき子はそんな主《あるじ》にどう接すれば良いか、悩んでいた。

おそらく定子は再び懐胎《かいたい》している。顔色も日々の様子も、昨年皇太子を身籠《みご》もったときと同じである。定子が明かさないのであればこちらから聞くこともできない。すでに彰子が入内した今であれば、宰相の君の言うとおりこの屋敷に火をかけられるおそれはないが、定子の血族を根絶《ねだ》やしにしたいほどに道長の悪意が執拗《しつよう》であれば、万が一ということもある。

宰相の君の寝息が聞こえてきたのち、なき子も床に就いた。

伊周に与えられた、涙の溢《あふ》れるほど幸福な愛撫《あいぶ》がまだ身体《からだ》に残っている。


数日後、平の屋敷に移ってきてから最初になき子を訪ねてきたのは、元夫の則光《のりみつ》だった。

「どうしたの」

意外な人の訪問に、なき子は訝《いぶか》しむ。

「そなたとの縁を取り持てという男が現れた」

「……は？」

「物好きすぎて驚いたろう。わたしも驚いた。驚いたあまり来てしまった」

日の翳《かげ》った簀子に座り込み、則光は汗を拭《ぬぐ》いながら懐《ふところ》から文《ふみ》を取り出し、なき子に手渡した。

「読むか読まないか、返文《かえしぶみ》するかしないかはそなたに任せる。また近いうちに来るから、そのときまでに考えておいておくれ」

「ちょ、ちょっと待って」

早々に帰ろうとする則光を呼び止め、なき子は受け取った文を突き返した。

「あなたは、それで良いの」

仮にも一度は夫婦だった。この男の息子娘たちを産んだ。それが、他の男との縁を取り持とうとするとは。一抹《いちまつ》の寂しさが胸を通り抜ける。

「わたしたちはもう夫婦ではないよ、なき子」

「…………」

「それに、叶わぬ思いに苦しむくらいなら、他の男のことも考えてみてはどうだ」

その言葉が何を示しているのか判った途端、かっと頰《ほお》が熱くなった。一夜限りの契《ちぎ》りを支えに生きている自分が憐れにさえ思えてくる。

「最初から叶わぬことだと判っているのだから、放っておいて。余計《よけい》な心配をしないで」

「そうか。とりあえず、読め。このまま返すのも気が引けるから」

則光はなき子が突き返した文を再びなき子に押し付け、庭を早足で出て行った。文を胸に、漫然《まんぜん》とその背中を見送っていたら、うしろから「良いことじゃないの」と、定子の声が聞こえてきた。

「お方様《かたさま》」

ゆっくりとなき子の隣までやってきて、定子は腰を下ろす。夕暮れの庭に目を細める。

「そなたも老い先は長くないのだから、最後に恋でもしてみれば良いのよ」

なんという言われようか。しかし事実なので否《いな》めない。宮中では押《お》し並《な》めて女たちが複数の男と夜を過ごす。定子の女房《にょうぼう》たちには少ないが、女官《にょかん》や他の女御《にょうご》の女房が誰と恋仲にあるとか、そういう噂《うわさ》はたびたび耳に入ってくる。顔の美しい公達《きんだち》などは誰が一番最初に文を交わせるか、誰が一番に同衾《どうきん》できるか、女たちが競っていたりする。その男たちの中に伊周の名が出てこないか、なき子もそ知らぬふりをしながら、噂話に耳を澄ませている。

「わたくしは、お方様にお仕《つか》えいたしているだけで充分満たされておりますので」

心の底を覗《のぞ》かれぬよう、つとめて平静になき子は言った。

「そうね。わたくしはそうやって、そなたの人生を縛《しば》りつけていたのよね」

「え？」

「そなたが出仕《しゅつし》してわたくしの女房になったとき、わたくしはそなたにどこかに行ったら許さないと言った。誰かほかの者に仕えたら許さないと。それは結局、男に従うことも許さないと言ったも同じよね」

「そんなこと……」

たしかに、かなり早い段階から彰子の入内を見越して、なき子がそちらの女房にならぬようにと釘を刺された。しかしそもそもなき子のように地味な容姿で、そろそろ四十にも手の届く年齢で、男と恋など傍《はた》から見れば滑稽《こっけい》以外の何ものでもない。しかも、男に従うことが恋であるとは、考えたこともなかった。

それを伝えようとしてなき子は思いとどまる。定子にとって恋とは、主上《おかみ》につき従うこと、ひいては国のさだめに従うこと、それだけだった。ほかの男に目を向け、恋をした時点で、定子の流罪《るざい》は確実となる。

夜になってからひとりの局《つぼね》で、なき子は文を開いた。どことなく懐かしさを感じる雅《みやび》な香りの漂うそれは、藤原棟世《むねよ》なる男からの文であった。蔵人《くろうど》として早くから出仕し、今は京《みやこ》から離れた他国の守《かみ》を務める。手蹟《て》の癖《くせ》が遥か昔に亡くなった父のものに似ており、はっとした。しかし、それ以上心を動かされることはなかった。

一度の入内ののち、季節は瞬《また》く間に夏となった。夜が短くなり、日はいつまで経っても落ちない。夕焼けの名残《なごり》が空一面を薄紅色《うすべにいろ》に染め、一筋の白い雲がたなびく上を黒い鳥が飛んでゆく。

女房たちは日増しに弱ってゆく定子の身を案じた。

このころにはもう、皆は主の窶俏《るしよう》のもとを察していた。定子の痩せ細った身体は夏の装束《しようぞく》では隠せず、腹だけが異様に膨《ふく》らんでいる。

皇太子を産んだのちに内裏での、登華殿《とうかでん》への滞在は短かった。それでも主上の思いは定子に届いていた。それが自分のことのように嬉しい。が、定子の弱り方は今までにないほどだった。朝起きるたびに、背中が痛いと言う。さすってやっても、それすら痛がる。手を触れれば常時熱く、少し歩くだけで頭が痛いと蹲《うずくま》る。

——御祈禱《ごきとう》を。大臣の姫に呪詛《じゆそ》をかけられているのかもしれませぬ。

家人《かじん》たちは、自邸で死なれたりでもしたら一大事だとばかりに、強く祈禱を勧めた。神仏に祈っても人は助からない。現に父上は死んだ。それを理由に定子は献言《けんげん》を退けた。

打ち消そうとしてもどうしても、なき子の脳裏《のうり》にはあの鬼の女の姿が思い浮かぶ。式部《しきぶ》の君《きみ》と呼ばれる女だ。彼女は大勢の女の前でなき子を「物乞《ものご》い」呼ばわりして、笑いものにした。

一度顔を合わせたきりだが彰子は父の望みどおりに入内し、自身が何故《なぜ》その立場にあるか、疑問すら感じていない無垢《むく》な少女に思えた。呪詛するとしたら式部の君だろう。

日に日に弱ってゆく主を見るに見かね、なき子はある日、定子に宿下がりを願い出た。空には淡い雲がかかっているが、暑さは容赦《ようしゃ》ない。

「何を言っているの少納言《しょうなごん》、こんなときに」

なき子の言葉を聞き、病床の定子ではなく傍《かたわ》らに控える宰相の君が眉《まゆ》を吊り上げた。

「どうか、お赦《ゆる》しを」

床《ゆか》に額《ひたい》を擦《す》るくらいに深く頭《こうべ》を垂《た》れた。もしかしたらもうここには戻ってこられないかもしれない、と思う。

「宰相、良いわ」

御簾《みす》の奥から弱々しい定子の声が聞こえてきた。

「お方様、しかし……」

「少納言に何かあってのことでしょうから、わたくしたちには止められないわ」

宰相の君は「お方様がそうおっしゃるのなら」と、渋々《しぶしぶ》となき子の宿下がりを認めた。そもそも宰相の君に止められる謂《い》われもないのだが、心の中で謝罪を唱《とな》えつつ、なき子は母屋《もや》をあとにした。

いつかも、こんなふうにいきなり宿下がりしたことがあった。あれは自分が定子のために何をできるのか思い悩み、何もできない自分のふがいなさを知り、側《そば》にいることが辛《つら》くなったからだ。

――わたくしに今、できること。

なき子は翌日、壺装束《つぼしようぞく》に笠《かさ》を抱えて平の屋敷を出ようとしたが、門を出る直前に宰相の君に呼び止められた。

「お召《め》し物が、汚れてしまいます」

夏の色に重ねられた鮮やかな袿《うちき》をたくし上げることもなく、外まで追いかけてきた宰相の君になき子は驚いて言う。

「構わないわよそんなこと。それよりそなた、正気なの」

「はい」

「わたくし、前にそなたに怒ったことがあったわよね」

「あなた様には怒られすぎて、それが何時《いつ》のことやら」

「いきなり宿下がりをして、いきなり戻ってきたときよ」

「……もう、戻ることはないかもしれませぬ」

ぱん、と頬が鳴った。痛みはそれほどでもなかったが、彼女を騙《だま》す心が痛んだ。そして、少し前に宰相の君自身が言った、年を取ると怒りっぽくなるというのは本当なのだな、と思う。

「そなたのことを、信じていたのに」

「わたくしはもう死にかけの年増にございます。最後くらい好きなようにさせてくださいませ」

もう一度頬が叩かれた。今度は確実に痛かった。一発目は彼女なりに手加減してくれていたのだろう。唇を噛んでなき子を睨《にら》みつける宰相の君は、誰よりも頼もしく見えた。

――どうか、お赦しを。どうか、あなた様だけでも最後までお方様のお側に。

なき子は心の中で願いながら深々と頭を垂れたのち、笠を被《かぶ》った。


内裏までの道のりは遠くはない。しかしまだ日が昇りきる前だというのに暑さと寄る年波《としなみ》は無慈悲になき子を弱らせる。老いたことを足元から感じながら、どこかの屋敷の庭からせり出している大木の陰で立ち止まり、築地塀《ついじべい》を背に笠を外した。頭が蒸《む》れて仕方なかった。

「……どこへ行くのかな」

目を瞑《つぶ》って風を待ちながら涼んでいたら、近くに声が聞こえた。瞼《まぶた》を上げて咄嗟《とっさ》に笠を被ろうとするが、その笠を奪われた。

「伊周様……」

名前を呼ぶと同時に、胸の奥が疼《うず》いた。痛いのか痒《かゆ》いのか判らないその疼きを鎮めようとなき子は襟元《えりもと》をぎゅうと摑《つか》む。

簡素な生絹《せいけん》の狩衣姿《かりぎぬ》は、勤めの帰りではないことを物語っていた。どこへ行くのかな。そうなき子に声をかけたはずの伊周は、しかしそのあと何も言葉を発しない。ただ、なき子の顔を見ていた。

「宿下がりを……」

なんとか絞《しぼ》り出した答えを、伊周は即座に否定した。

「そなたの家は内裏とは逆方向ではないか」

再びの沈黙に、なき子は死ぬのではないかと思うほどの緊張を強《し》いられた。年増は意外とすぐに死ぬ、という定子の言葉を思い出す。しかし今死ぬわけにはいかない。鼓動を圧して、なんとか立っていたら、先に口を開いたのは伊周だった。

「もう、会わぬつもりだった」

「………」

「それなのに何故《なにゆえ》そなたはこんなところにいるのだ」

待ち望んでいた涼を含んだ風が吹く。伊周の薫物《たきもの》に混じり、ほかの匂いが鼻腔《びこう》を掠《かす》めた。やはりどこかの女のところへ行っていたのか。

「ならば、声などかけずおゆきになればよろしかったでしょう」

なき子の声には詰《なじ》りが混じる。哀《あわ》れだ、と思う。これはほかの女を抱いたあとの男。そんな男を詰っている自分がたまらなく哀れだ。

「声をかけずにはおられなかった。そなたの顔があまりにも悲しくて」

悲しくさせているのはどこの誰か。そう言うこともできたが、なき子はその言葉を涙の気配と共に呑《の》み込み、言った。

「……伊周様、わたくし先日、殿方から妻問《つまど》いの文をいただきましたの」

ぴくりと伊周の眉が震えた。こんなことで気を引こうとする自分が悲しすぎて眩暈《めまい》がしてきた。伊周の顔を見つめる瞳《ひとみ》も焦点が合わない。

「誰だ、相手は」

「藤原の、摂津守《せっつのかみ》のお方でございます」

しばし思案する素振りを見せたのち、伊周は目を見開く。

「摂津守だと、そなたの父親のような年の男ではないか」

「わたくしの父はわたくしが生まれたときには祖父のような年齢でございましたが」

「………………」

「年増と祖父。似合いの夫婦でございましょう」

眩暈がひどくなってくる。そして気づく。これは悲しいせいで眩暈がしているわけではなく、単に暑さに弱りすぎて朦朧《もうろう》としているだけだ。

どうか早く立ち去ってくれと伊周に伝える前に、なき子はその場に崩れ落ち、意識を失った。

――死んだのかしら。

生きているよ、少納言。

「……んはぁっ！」

我《われ》ながらおかしな声と共になき子はがばりと身体を起こした。鈍い音がして額に激痛が走る。くらくらしながら横を見たら、伊周が呻《うめ》き声を上げ、頭を抱えて蹲っていた。

「ご、ご容赦を、伊周様、何故《なにゆえ》ここに伊周様が」

「……わたしの屋敷だからだ」

蹲ったまま伊周が答えた。咄嗟にあたりを見回すと、なるほど曹司《ぞうし》は全く見覚えのない調度に誂《あつら》えられていた。褥《しとね》に横たえられていたらしく、枕元には水の入った盥《たらい》の用意があった。慌《あわ》てて膝《ひざ》を正し、頭を垂れる。

「わ、わたくし、あの、お赦しくださいませ」

頭を下にすると額が痛むので、申し訳ないと思いつつも顔を上げた。

「身体はもう平気なのか？」

ようやく身体を起こし、額を押さえながら伊周はなき子の隣に座り直した。

「はい、あの、このことはお方様には」

「伝えてないよ。心配するだろうからね」

まだ胸の内が騒がしいが、幾分《いくぶん》かほっとしてなき子は息を吐いた。そして「宿下がり」という名目で許してもらった外出の本来の目途《もくど》を思い出し、即座に立ち上がった。

「今、何刻《なんどき》にございますか」

答えを待つよりも確かめたほうが早い。急ぎ外に出て空を見た。日がすでに西へ傾いている。なき子は立ち上がった伊周を振り向いた。

「伊周様、助けてくださってありがとう存じます。わたくし、すぐに行かなければならないところがあるので、失礼いたします」

「待って」

駆け出そうとして腕を摑まれた。皮膚《ひふ》の触れたところから背筋まで、落雷に遭ったように痺《しび》れる。

「は、離して」

「どこへ行くのだ、宿下がりと皇后様に嘘をついてまで」

「離して、伊周様を巻き込むわけには参りませぬ」

これが則光だったら迷わずに協力してもらうのだが、皇后の兄という身分を穢《けが》すわけにはいかないのだ。

「巻き込む、何に」

「言えません」

「言うまで離さぬぞ」

なき子の手首を摑む男の手のひらに熱と力が籠《こ》もる。泣きたくなる。そのまま離さないでいて、と思う。けれどこれはつい昨晩、ほかの女を愛撫した手。まだ残《のこ》り香《が》さえ消えていない。逃れようと身を捩《よじ》るが、思いのほか伊周の力は強く、なき子はその場に膝をついた。

「……内裏へ、参ろうと思っております」

「なんのために。摂津守と会うためか」

「違います、お方様のためでございます」

彰子の女房の式部の君という女人に会うため。定子に呪詛しているのならばそれをやめてもらうため。

なき子は半ば諦《あきら》めて、自身の思いを伝えた。

「何故《なぜ》それがわたしを『巻き込む』ことになるのだ」

「呪詛などしていないと言われれば、わたくしは不敬《ふけい》の罪に問われることになるでしょう。わたくしはお方様、すなわち皇后様の女房。あなた様はその皇后様の兄君にございます。朝廷でのお立場を悪くするわけには参りませぬ」

手を拘束《こうそく》していた力が弱まった。しかしなき子はもう逃げようとは思っていなかった。むしろ伝えることによって開き直れた気がする。

「……不敬に問われたら、どうするつもりなのだ」

「わたくしは今後、お方様の御前《ごぜん》から消えます。ご迷惑はかけとうございませぬ」

「それほど重篤《じゅうとく》なのか、皇后様は」

「見ているのが辛いほどに」

伊周の顔が、妹の身を案ずる兄の顔に変わった。

「ご安慮《あんりょ》あそばされませ。わたくし、これまでの立場を今ここですべて捨ててゆきます。わたくしは今から、ただの清原《きよはら》の娘。娘、という年でもございませんけれど、お方様の女房でもなんでもございませぬ。その証人に、伊周様、おなりくださいませ」

懐に忍ばせておいた懐刀《ふところがたな》を取り出し、なき子は伊周に差し出した。内裏に入る前、髪を削《そ》ぐために。内裏へ入ったあと、自害するために。そのために持ち出してきたものだ。

「さあ」

なき子が促《うなが》せど、伊周はいつまで経ってもその懐刀を取ろうとしなかった。

「あなた様はいちど、わたくしと契りを交わした殿方でございましょう。後朝《きぬぎぬ》の文もいただけなかった哀れな女の最後の願いでございます。あなた様の手で、この世に別れを。髪を削いでくださいませ」

伊周は口を閉ざしていた。ただなき子の顔を見つめ、しばらくののち手から懐刀を取った。

そして、言った。

「……会うのが辛かったのだ」

「…………」

「そなたに会えばまた、抱きたくなる。けれどそなたには皇后様しか見えておらぬ。それに蔵人とのあいだに子もいる。いずれあの蔵人のところに戻ってゆくのであろうと」

そう思うと辛かった。伊周の言葉に、なき子は笑いたくなる。

馬鹿な男。わたくしが思っていたのはあなただ。あなたにくちづけられたこと、あなたに抱かれたこと、それを矜持《きょうじ》に今まで立っていた。

伊周の顔が近づく。柔かなくちづけを、なき子は拒《こば》まなかった。涙の味のするくちづけのさ中、うしろで髪の毛の切り落とされる音が聞こえた。


頭が軽い。削ぎ落とされた髪の重さが、俗世《ぞくせ》の重さか。

目に痛いほど鮮やかな朱漆《しゅうるし》の壁に、梁《はり》からは点々と黒い釣灯籠《つりどうろう》が下がる。まだ灯は点《とも》っていない。ここから先は定子を弾《はじ》き出した内裏だ。

建礼門《けんれいもん》にて衛士《えじ》に止められることはなかった。物乞いが入ってこられるくらいなので、それほど警護は厳しくないのだろう。身分にがんじがらめになる女たちはいったい何に縛られているのか。

藤壺《ふじつぼ》へ向かう前に、登華殿へ寄った。いつでも戻ってこられるよう調度も荷物もそのままに、しかし人ひとりいない曹司は広く、微《かす》かに塵《ちり》が舞っている。懐かしい。この場所にみっしりと女たちが集《つど》い、笑いながら穏やかに暮らしていたのだ。

原子《げんし》に会いたいと思った。けれど淑景舎《しげいしゃ》に行くのは憚《はばか》られた。春の陽だまりに似たあの姫が、姉のようにではなくこの内裏で春宮《はるのみや》に大切にされ、幸せに暮らす先途《せんど》をただ願うに留《とど》めた。

懐かしい登華殿の香りを胸の奥まで吸い込み、なき子は踵《きびす》を返し、藤壺へとつづく渡廊《わたろう》を進んだ。運良く誰にも見咎《みとが》められることなくその前に辿《たど》り着く。甲高い嬌声が聞こえてきた。つづいて彰子と式部の君と思われるふたりの華やいだ声がつづく。

「源氏の君、源氏の君は誰⁉」

「それは勿論《もちろん》、主上でございましょう」

「駄目よ、主上はわたくし以外の女のところへ行ったら駄目」

「お方様、そうしたら物語になりませんわ。この草子一冊にもなりませんもの」

「えー、じゃあ主上のように美しい殿方、なら良いわ。でも一番愛される姫は絶対にわたくしよ。ああ楽しみ、早くつづきを書いて、式部」

御簾の下ろされた外側からでは何が行われているのかは判らないが、会話の流れからして式部の君が物語を書いているのかと思われた。

何を書いているのか。どんな物語なのか。なき子は気になった。彼女らのその後の会話から内容を読み取ろうとする。美しい皇子の話だ。光り輝くような皇子は自分の父である帝の妃《きさき》に恋をする。しかしその恋は叶わない。「桐壺《きりつぼ》の方」という言葉に原子を再び思い出す。やはり最後に会っておけば良かった。

そのとき、先触れもなく乱暴に御簾が分けられた。

「まあ、あなた様は」

ひとりの女が座り込んだなき子の姿を認め、半笑いのまま中を振り返った。

「おいでなさいませ式部の方、皇后様のところの少納言殿が参られたようですよ……いえ、あら？　尼姿……？」

頬がかっと熱くなった。短くなった髪の毛が夕方の風に揺れる。向こう側で女たちが二人掛かりで御簾を巻き上げ、鉤《こ》に留《と》めた。なき子は露《あらわ》になった藤壺の中を見遣《みや》る。彰子の年のころを考えたのか若い女房が多く、庇《ひさし》の間《ま》は花畑のように華やかだった。

「何をしに参られたのです、物乞いの方」

近づいてきた女たち、その中でも一際年嵩《ひときわとしかさ》の女が式部の君だった。顔は地味だが男を魅了する色気がある。こういう女こそ飛びぬけて底意地が悪いものよと思う。

「わたくしは物乞いではございませぬ。けれどもう、皇后様からいただいた少納言という名を名乗るわけにも参りませぬ。せめて名を呼ばないでいただけませぬか」

なき子は取り乱さぬよう、つとめて平静に言った。

「ならばそこの尼。何をしにきたの」

「あなた様にお願いに上がりました。お方様へ呪詛しているのならば、今すぐにおやめくださいませ」

くだらぬ言葉の競《せ》り合いに付き合っているつもりはないので、なき子は単刀直入に伝えた。式部の君は薄笑いを浮かべ、なき子を見下ろす。呪詛という言葉に否定も肯定もしないということは、おそらく彼女は定子に呪いをかけているのであろう。

「ねえ尼。ならば訊《き》くけれど、以前の里下がりのとき、皇后様はいずこにいらしたの」

「…………」

「主上への言伝《ことづて》どおりに平生昌邸の西の対にいたのであれば、とっくに死んでいてもおかしくないころなのだけど」

女の抑揚《よくよう》のない声に、さっと背筋が寒くなった。そして奥から顔を出した彰子の言葉に、なき子は辛抱できずに立ち上がった。

「え、なあに、まだ死んでないの定子ったら」

しぶといわね、という声と同時に気づいたら、なき子は式部の君の胸倉《むなぐら》を摑んでいた。

「あれ、乱暴はおよしくださいませ」

「おのれ、わたくしはそなたを許すと申したのに、何故《なにゆえ》そんなことを」

式部の君はなき子の言葉などものともせず、胸倉を摑まれたまま鷹揚《おうよう》に微笑《ほほえ》んだ。

「あなた様に許されようと許されまいと、わたくしは痛くも痒くもございませぬ。わたくしの仕える姫は中宮様。中宮様の思《おぼ》し召《め》しならばどんな非道でもいたしますわ。そなたとて元は女房、わたくしと同じ立場でございましょう」

「一緒にするな！」

なき子は摑んでいた手を離し、女の身体を突き飛ばした。鈍い音がして式部の君の身体は床に転がる。

「皇后様の女房殿は、なんと乱暴な」

「もう女房でもなんでもないと、この態《なり》を見れば判るであろう。わたくしが今ここでそなたに狼藉《ろうぜき》を働いたことは大罪かもしれぬが、人を呪詛するもまた大罪。伊周様がそのために捕らえられ太宰府《だざいふ》へ配流《はいる》となったのは周知であろう。わたくしと共に流罪となりたくなくば、術師の名を申せ！」

胸元に手を突っ込み、なき子は鞘《さや》に納められたままの懐刀を女に突きつけた。式部の君はそれでも薄笑いを浮かべ、黙っていた。

「わたくしにこの刀を抜かせるな、申せ！」

「……皇后様の御寝所《ごしんじょ》の床板を、剝《は》がしてごらんなさいませ」

鞘から刀を抜く前に、式部の君は言った。

「式部！　どうして教えてしまうの⁉」

彰子が非難がましく己の女房の肩を摑む。

「この尼がここに来たということは、それほどまでに皇后様は重篤なのでございましょう。放っておいてもいずれいなくなりますわ、お方様」

女の、人を人とも思っておらぬ言葉に涙が溢れた。それでもなき子は再び膝をつき、抜かれることのなかった懐刀を胸元に納めるとふたりに向かって頭を垂れた。

「お教えくださって、ありがとう存じます」

彰子は穢いものを見るような目でなき子を一瞥《いちべつ》し、女房たちに御簾を下ろすよう言いつけた。

御簾が下りるのを待たず、なき子は階《きざはし》を駆け下りた。

陰陽寮《おんみようりよう》の誰かが式部の君の言いつけで、内裏から呪いをかけているのかと思っていた。まさか屋敷に呪物《じゆぶつ》を仕込んでいたとは。

呪詛を解いてもらったら死ぬつもりだった。大なり小なり「中宮様」に対して不敬を働くことは確実だったからだ。死罪になる前に自ら命を絶てば、主にも誰にも迷惑はかからない。しかしこれでは死ねない。呪詛など効力は持たないと笑うことはできたが、今は笑えなかった。現に定子は瀕死《ひんし》の病床にいる。京には夜の帳《とばり》が下りてきていた。なき子は薄暗くなった小路《こうじ》を駆け、平の屋敷へと急いだ。

すでに日が落ちきったころ、館の門前へ辿り着いた。邸内には松明《たいまつ》が灯《とも》され、警護の下男たちはその灯りに照らされたなき子の姿にぎょっとする。

「待たれよ、何処《いずこ》の尼僧《にそう》か」

「皇后様の、女房にございます。宿下がりから、戻ってまいりました」

胸が潰れそうなほど苦しい。途切れ途切れに答えるとひとりが中に入ってゆき身元の確認を取ろうとする。

「そんな暇はないのです、ふたりとも、一緒に来てくだされ」

なき子は重い足を引き摺《ず》り再び駆けようとする。尋常《じんじょう》ならざる様子を察したか、ふたりはそれ以上追求しようとせず、なき子のあとについて西の対へと向かった。

「……誰じゃ騒々しい……少納言!?」

御簾を分けて曹司へ飛び込んできた女に、宰相の君が誰何《すいか》すると共に驚いて立ち上がる。

「そなた、どうしたのその頭は、宿下がりでは」

「やはり、中宮様の女房の呪詛でございました。お方様のいらっしゃる母屋の床下を検《あらた》めてくださいい、呪物が仕込まれているはずです」

汗だくのままなき子は宰相の君に縋《すが》りつく。汗くさい、と嫌がられることもなく、宰相の君はなき子の背を撫でた。

「宿下がりではなかったのね、良かった」

緊張と疲労から解き放たれ、なき子はぐったりと彼女の胸の中に倒れ込んだ。宰相の君はなき子に代わってふたりの下男に、急ぎ床を剝がすよう言いつける。定子の寝所は急遽《きゅうきょ》北の対へと移され、家中の男手が集められた。

明け方になったころ、西の対の床下からは無数の人形《ひとがた》が発見された。そのすべてが人を殺《あや》める目的に作られたことを示す後ろ手の人形、そして腹に穴を空けられていた。

翌日偶然にも館を訪れた則光に、宰相の君は人形の処理を押しつけたらしい。なき子は疲労により熱を出し寝込んでいたため、彼らの間にどういうやりとりがあったのかは知らない。ただ単になき子に返文の催促をしにきた則光は、ぶつくさ言いながらも引き受け、陰陽寮へ処理を依頼したという。

夏の日差しが弱まるころ、定子は入内が可能になるくらいまで快復《かいふく》した。主上のお召しにより入内を果たした定子は、窶悄の名残をほかの姫たちに悟られぬよう鮮やかな装束を纏《まと》い、背筋を伸ばし登華殿へと入った。この滞在の最中《さなか》、またひとりの女が入内し、女御宣下《せんげ》を受けている。けれど定子はものともせず、自らの膨らんだ腹を眺めて微笑むばかりだった。

なき子は髪を削いだが、定子の希望により女房の座に居つづけることになった。誰も反対はしなかった。したがってこの入内にも同行している。

夜には主上のお運びがある。睦《むつ》まじく寄り添い囁《ささや》くように言葉を交わすふたりを見ると、涙が零《こぼ》れた。快復して本当に良かった、と思う。複雑な呪詛ならば簡単には解くことができなかった。

なき子と式部の君が引きおこした騒ぎは、何故か噂の欠片《かけら》さえ耳に入ってこなかった。簀子で、人の目に触れるところでの悶着だったゆえに、少なくとも勤めのために通りがかった女嬬《にょじゅ》や下人などが目にしていたはずだ。しかし誰もそれを噂にしなかった。女房が女房を罵倒《ばとう》したことよりも、貴人への呪詛の罪のほうが大きいと道長が判断した所為《せい》だろう。死なせてたまるものか。わたくしの目の黒いうちはお方様に手出しはさせぬ。

床板を剝がしたのち、宰相の君は言った。そして言葉を重ねた。

ただ、これで呪詛に効果があると向こうが示してくれたわけよね。その点では道長に感謝しなければ。

彼女の呟《つぶや》いた言葉の目的を、聞くことはしなかった。過去にいとしい人を亡くした女の瞳は怒りに満ちながらも悲しかったからだ。

登華殿に滞在している最中、秋の虫の声を聞いた。そして悪阻《つわり》の時期が過ぎ気分も楽になってくるころ、再び定子は宮中から出されることになる。内裏にいては煩《わずら》わしいことも多いでしょう、という道長の余計な計らいによるものだ。里居には再び生昌の屋敷をあてがわれた。

「おまえその頭、もう男とは暮らさぬという訴えか。摂津守への返文の代わりか」

内裏を出る際、久々に顔を合わせた則光が尋ねた。

「違うわよ、ただちょっとうっかりと、燃やしてしまっただけ」

「うっかりすぎる、ただでさえ貧相な顔なのに益々貧相ではないか」

「ほっといてよ、こんな貧相な年増でも妻問いをしてくれる殿方がいるんだから」

「趣味を疑うよな。ああ今のおまえの姿、子供たちががっかりするぞー」

誰の屋敷へ行っても、必ず呪詛の人形が埋まっている気がして怖かった。だから、則光の屋敷へ滞在させてくれと宰相の君が則光に直接頼んだらしい。前回と同じく定子と女房たちは平の屋敷へ行く振りをする。しかし定子だけは身代わりを立て、別の女車《おんなぐるま》に乗り込んでまっすぐに則光の屋敷へと向かう。身代わりの輿に乗るのは、原子の女房である中納言《ちゅうなごん》の君《きみ》だ。もともとは定子の女房だったが、原子に請われて移っていった。定子と背格好が一番似ていたため、原子から話を聞いたとき自ら身代わりを申し出てくれた。「わたくし、将棋《しょうぎ》が強いことと身体が丈夫なことだけが取り得なんですの」と。

なき子と宰相の君、そして定子が地味な女房装束で同じ車に乗り込んだ。

「なんだか、懐かしいわね」

定子がまず先に言った。同じことをなき子も宰相の君も思い出していた。

「もう七年前になりますでしょうか」

「ええ。楽しかった、本当に楽しかったわ」

七年前の賀茂祭の日。三人は今と同じように同じ車に乗り込み、お忍びで祭りを観に行った。普段ならば桟敷《さじき》の上からしか見られない祭りを、見物人たちの壁を掻《か》き分け、最前列で観た。百姓の格好をして。

「懐かしいわ。戻れれば良いのに、あのころに」

定子は物見《ものみ》を開け、空を見上げた。秋の匂いのする乾いた空はどこまでも青く澄んでいた。

*

子供たちは定子の突然の来訪に木像《もくぞう》のように固まっていたが、徐々に心を溶《と》かしていった。より貧相な見た目に変わってしまった自分らの母親が、それでも「皇后様」にどれほど信頼されているかを知り、嬉しそうな笑顔をなき子に向けた。

そして彼ら、彼女らは季節を跨《また》ぎ、人の生と死を知ることになる。

冬の、指の先まで凍《こご》えるような日だった。祈禱の声明の響く中、定子は長い時間をかけ、苦しげな叫びを何度も上げながら皇女《こうじょ》を産んだ。赤子の産声《うぶごえ》が聞こえてきたと同時に僅《わず》かに我が子へ向かって微笑み、定子は意識を手放した。脚の間からの出血がいつまで経っても止まらず、どんどん身体が冷えてゆく。

皇女はすぐに乳母《めのと》が乳を与えたため一命を取りとめたが、夜が明けて朝日が昇るころ、定子は青白い顔のまま息を引き取った。長保《ちょうほう》二年、十二月十六日のことである。

「お方様、お方様、目を開けて、お方様」

女たちの悲痛な、泣き叫ぶ声が屋敷じゅうに響いた。なき子は何故《なぜ》か、泣くことができなかった。ただ、身体の一部がもぎ取られたかのように、痛い。傍らで寒さに身を震わせる宰相の君も、涙を流さず亡き主の骸《むくろ》を見つめていた。

聞こえるはずのない声が、どこかから聞こえてくる。

……ねえ少納言、わたくしたちずっと一緒にいましょうね。どんなに恐ろしいことが待っていても、ずっと一緒にいましょうね。ふたり一緒なら、きっとなにも怖くないわ。

そう言って無垢な眼差しを向けた主は、まだ少女のように若かった。苦しみながらもその娘は重責に耐えてきたのだ。今も充分すぎるほど若い。崩御《ほうぎょ》には早すぎる。

なき子は傍らに、かつて中宮様のお傍に侍りたいと望んだふたりの娘を呼んだ。そして、言った。

これが内裏の、この国の神である男に嫁《とつ》いだ女の末期《まつご》だ。

唯ひとり愛した男と引き離され、思隔《おもいへだ》てたまま氷室のごとき房《へや》で息絶えた、これがかつて宮《きゅう》城《じょう》の頂におわしたお方だ。

——お方様。

死の穢れに触れたなき子たちはそれから十日間の物忌《ものい》みを強いられた。

——ねえお方様。これはあなた様の涙でございますか。

登華殿の庭に降り積もる白い雪に、なき子は問う。

——こんなに冷たい涙を流すほど、あなた様の心は凍えていたのですか。

昨日が葬送の日だった。女房たちは主なき登華殿に集い、最後の別れを告げた。夜が明けたこの日を限りに、定子に仕えてきた女たちはほかの女に仕えるか、内裏を出てゆかなければならない。

幾人かはすでに原子に仕えることが決まっていた。なき子も原子から直々《じきじき》の文を受けたが、断った。形ばかりではあるが、落飾《らくしょく》の身である。そして最後まで彼女に仕えられるか判らなかった。いつ死ぬかも判らないこの老いた身では。

あらかた人の姿のなくなった登華殿。曹司の中に戻ろうとしたら、中には同じように、宰相の君が佇《たたず》み承塵《しょうじん》を見つめていた。

「まだここにいらしたのですか」

「どうしてもやらなければならないことがあるのよ」

なき子の問いかけに、宰相の君は緩《ゆる》く笑って答えた。

「何かわたくしにお手伝いができるのであれば」

片づけも終わり、あとは内裏を出てゆくだけだ。申し出ると宰相の君は頷《うなず》いた。

「今から、ここに来客があるから、一緒にいてくれたら助かるわ」

今更《いまさら》誰が来るというのか。不思議に思いながらも頷き、しばらくしたら静かな足音が聞こえてきた。

驚いたことに、現れたのは式部の君だった。しかも単身での来訪だった。

「何故《なにゆえ》……」

わけが判らずになき子はふたりの顔を見比べる。

「わたくしがお呼びしたの。式部の君、どうぞお入りになって」

式部の君は無言のまま曹司に入り、ふたりの女の前に腰を下ろす。宰相の君は懐から白い紙に包まれたものを式部の君の前に差し出した。

「どうぞ、お受け取りになって。そして今すぐに開けて」

「…………」

やはり無言のまま、式部の君はその懸紙《かけがみ》を解いた。

「……それは」

なき子は言葉を継《つ》げない。中から出てきたものは、一体のあの呪詛の人形であった。則光にすべて処理を任せたと言っていたのに、何故《なぜ》彼女が持っているのか。

「それと同じものが生昌の屋敷の床下から出てまいりました。そしてわたくしは同じものを作らせて、中宮様の御寝所のどこかに隠しました」

「…………」

「床板を剝がしても無駄よ。絶対に見つからないから」

「……何をおっしゃりたいの」

初めて式部の君が言葉を発する。抑揚を欠く女の声はぞっとするほど低かった。宰相の君は一呼吸ののち、答えた。

「そなたは中宮様を生かしなさい。我等《われら》が主の崩御の因由《いんゆう》がこの呪物のせいなどではなかったと、その身をもって明かしなさい。もし中宮様が近いうち崩御されたなら、即《すなわ》ちそなたの呪詛のせいでお方様が崩御されたのだとしたら、わたくしはそなたを許さない。なにがあろうと、どんな手を使っても殺すわ」

式部の君は黙ったまま宰相の君の顔を睨みつけていたが、やがて再び掠れた声を漏らした。

「わたくし、物語を書いておりますの」

その言葉は宰相の君ではなく、なき子に向けられたものだ。なき子は頷く。式部の君は懐に手を入れ、一冊の草子を取り出した。藤色の表紙が季節にそぐわないが、美しいものだった。

「この人形のお礼です。差し上げますわ」

それだけ言うと、式部の君は立ち上がった。長い髪と衣擦《きぬず》れが遠くなってゆく。人の気配がなくなってから、なき子は草子を手に取った。「夕顔」という文字が目に飛び込んできた。


人を殺すのは人の思いだとでも言いたかったのだろうか。

なき子は庭に下り、すっかり白くなった庭にしゃがみ込んだ。宰相の君は原子のところへ挨《あい》拶《さつ》に行っている。彼女もまた原子の誘いを断った。内裏を出て何をするつもりなのかは、お互いに聞いていない。聞くのも怖かった。

誰に頼るあてもない。則光のところに今更帰ることもできない。伊周の顔を思い浮かべるのは、罪に思えた。きっと伊周は何も言わずに受け入れてくれるだろう。それが苦しい。いつ死ぬかも判らない。自らの死によって悲しませるのも苦しいし、もし悲しんでくれなかったらと思うとそれも苦しい。

いっそのこと、いつぞや文をくれた藤原某《ふじわらのなにがし》を頼って摂津にでも行ってしまおうか。

よしなしごとを、白い庭を眺めながら考えた。けれど、定子の言葉が何度も繰り返される。

——わたくしたちは今、何もできない。関白《かんぱく》にたばかられていると判っていても、抗議する術すらない。宮中から出られないのでは自らの手で真実を調べることもできない。けれどわたくしたちがずっとその心を忘れなければ、女が役に就ける御世がきっと来る。この悔しさを、のちの世の女は味わわなくて済むようになる。

主の思いを継ぐのならば、ひとりで生きていくほかはない。

なき子は左手で反対の袖を手繰《たぐ》り、露になった右手の人差し指を、真っ白な庭に突き刺した。そして雪原という広大な草子に、文字を綴った。

——女の一人住む所は、甚《いた》く荒《あば》れて、築土《ついじ》などもまたからず、池などある所も、水草《みくさ》ゐ、庭

なども、蓬《よもぎ》に茂りなどこそせねども、

そんな家を。ひとりで暮らすための家を探そう。

——所々、砂子《すなご》の中より、青き草うち見えて、さびしげなるこそ、あはれなれ。ものかしこげに、なだらかに修理《すり》して、門いたくかため、きはぎはしきは、いとうたてこそおぼゆれ。

書き終えたときは、指が凍《い》てつき、冷たいというよりも最早《もはや》痛かった。

砂子に似たこの真っ白い雪の中からやがて芽生える青い草のように、御世は調《ちよう》ざれまた滅ぶ。移ろいゆく濁世《だくせ》を、背負おうとした女が、定子だった。

いつか再び、美しく伸びやかな青い草がこの内裏にも生えようか。

なき子は立ち上がり、指先に息を吹きかける。すると音もなく横から手を伸ばし、その指を取った者がいた。

「……宰相の君」

温《ぬく》もった手のひらに包まれ、凍えた指が緩んでゆく。

「この家には、もうひとりくらい暮らせるかしら」

「……さあ?」

ふたりの女は天心に峙《そばだ》つ登華殿を今一度見遣ったあと、どちらともなく旧居に背を向ける。

そして飛雪《ひせつ》の中を、同じほうへと歩き始めた。

❖本書は『コバルト』（集英社）二〇一〇年一月号～五月号、二〇一〇年九月号～二〇一一年三月号の連載に加筆・修正したものです。

本文中に引用した『枕草子』は『新版 枕草子』（角川ソフィア文庫）を底本としました。

❖登場人物相関図❖

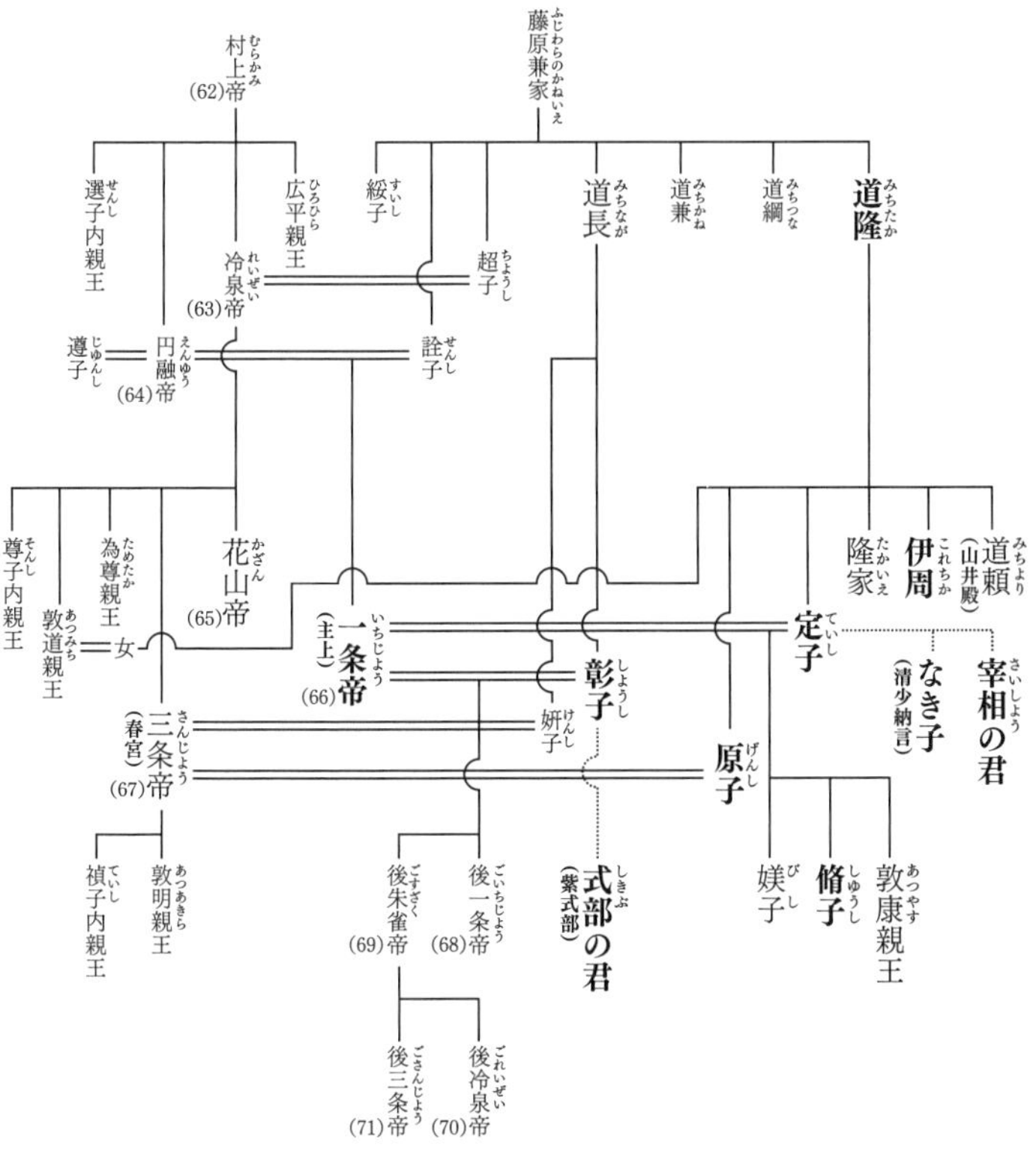

══婚姻関係　──血縁関係　……主従関係

❖ 一部省略をしてあります。

❖（　）内の数字は天皇の代を表しています。

❖ 大内裏図 ❖

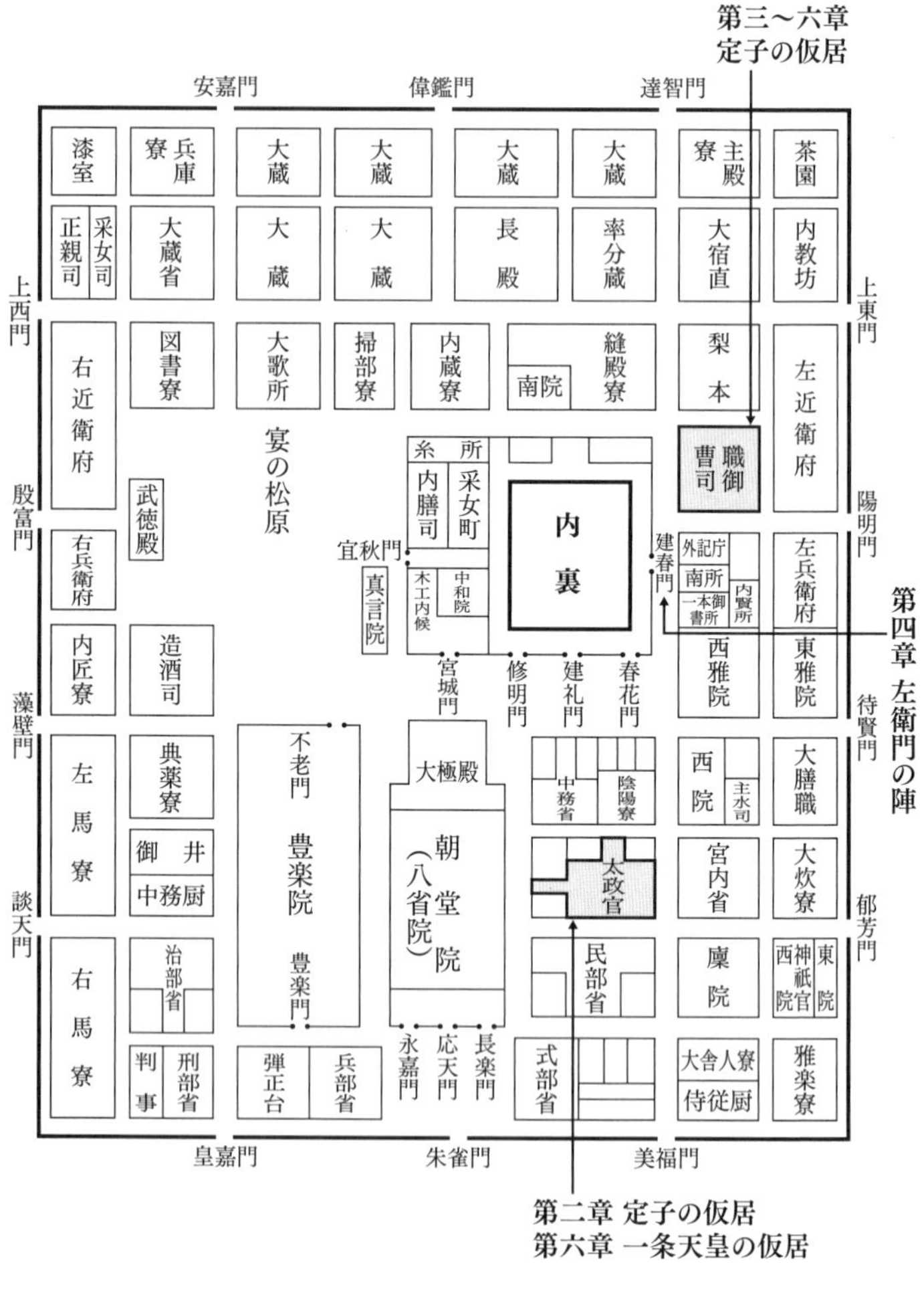
第三〜六章
定子の仮居
安嘉門
偉鑒門
達智門
上西門
殷富門
藻壁門
談天門
上東門
陽明門
待賢門
郁芳門
皇嘉門
朱雀門
美福門
漆室
兵庫寮
大蔵
主殿寮
茶園
正親司
采女司
大蔵省
長殿
率分蔵
大宿直
内教坊
右近衛府
図書寮
大歌所
掃部寮
内蔵寮
縫殿寮
南院
梨本
左近衛府
宴の松原
糸所
内膳司
采女町
職御曹司
内裏
武徳殿
右兵衛府
宜秋門
真言院
木工内候
中和院
建春門
外記庁
南所
一本御書所
内豎所
左兵衛府
第四章 左衛門の陣
内匠寮
造酒司
宮城門
修明門
建礼門
春花門
西雅院
東雅院
左馬寮
典薬寮
不老門
大極殿
中務省
陰陽寮
西院
主水司
大膳職
御井
中務厨
豊楽院
朝堂院（八省院）
太政官
宮内省
大炊寮
右馬寮
治部省
豊楽門
民部省
廩院
西院
神祇官
東院
判事
刑部省
弾正台
兵部省
永嘉門
応天門
長楽門
式部省
大舎人寮
侍従厨
雅楽寮
第二章 定子の仮居
第六章 一条天皇の仮居

❖内裏図❖

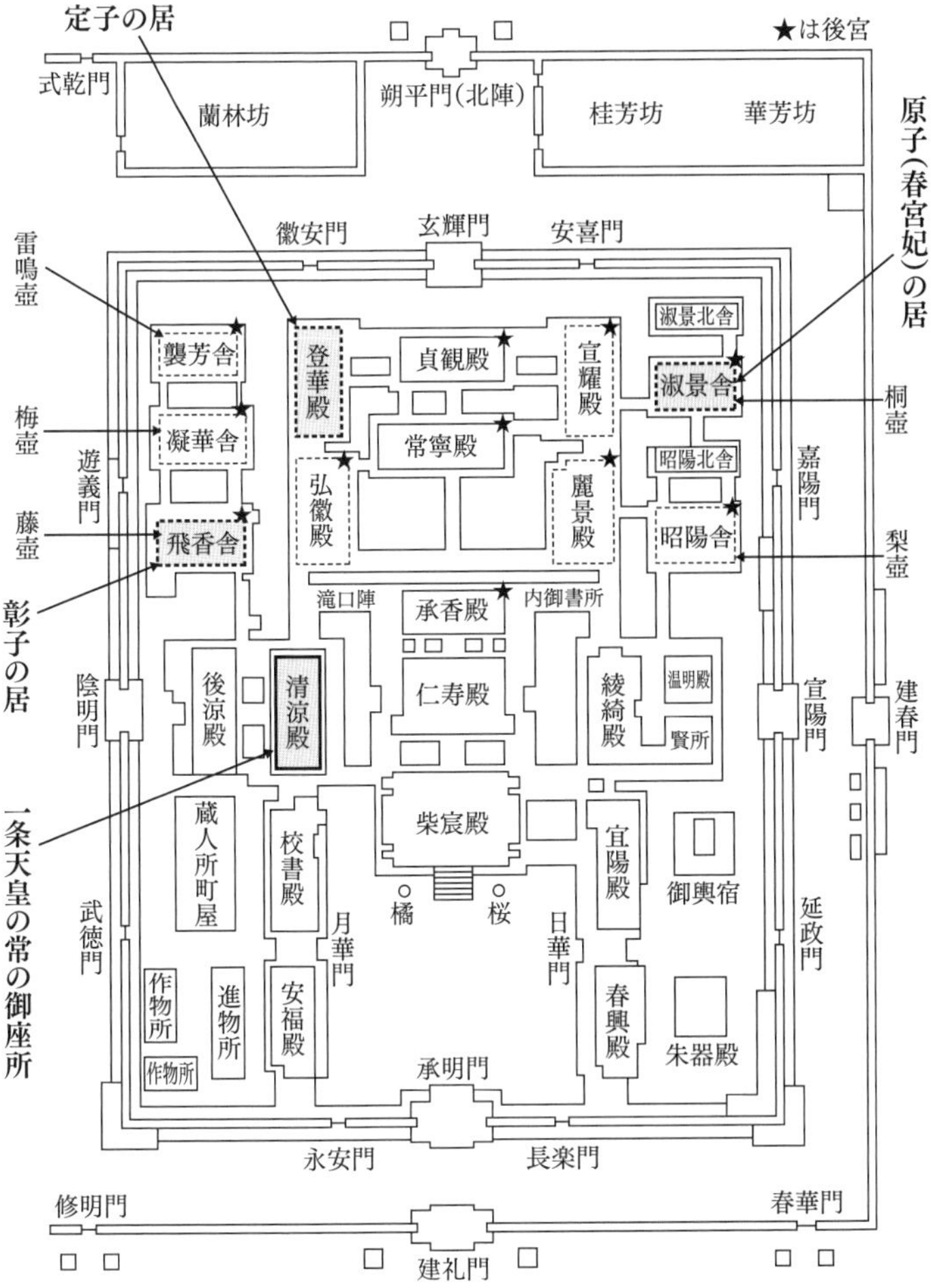

★は後宮
定子の居
原子(春宮妃)の居
彰子の居
一条天皇の常の御座所
式乾門
蘭林坊
朔平門(北陣)
桂芳坊
華芳坊
徽安門
玄輝門
安喜門
雷鳴壺
梅壺
藤壺
桐壺
梨壺
襲芳舎
凝華舎
飛香舎
登華殿
貞観殿
宣耀殿
淑景北舎
淑景舎
常寧殿
弘徽殿
麗景殿
昭陽北舎
昭陽舎
遊義門
嘉陽門
滝口陣
承香殿
内御書所
後涼殿
清涼殿
仁寿殿
綾綺殿
温明殿
賢所
陰明門
宣陽門
建春門
蔵人所町屋
校書殿
紫宸殿
宜陽殿
御輿宿
橘
桜
月華門
日華門
武徳門
延政門
作物所
進物所
安福殿
春興殿
朱器殿
作物所
承明門
永安門
長楽門
修明門
春華門
建礼門

❖用語集❖

◆**朝所**（あいたんどころ）
平安宮で太政官の北東隅の舎屋。公卿以下が酒食をしたためる場所として使われたが、内裏焼亡などのときには天皇以下の御在所ともなった。

◆**妹背**（いもせ）
夫婦や恋人同士のような、親しい男女の関係のこと。女を「いもうと」、男を「せうと」「背の君」と呼び合う。

◆**大祓**（おおはらえ）
六月と十二月に行われる天下万民の罪穢《つみけがれ》を祓う宮廷行事。現代でも各地の神社では、〈夏越の祓〉に茅の輪くぐりなどの行事を行うところも多い。

◆**御仏名**（おぶつみょう）
宮中の清涼殿で行われた仏名会《ぶつみょうえ》。毎年十二月中旬の三昼夜にわたり、過去・現在・未来の三千仏名を唱え、その年の罪障を懺悔《ざんげ》し、国家の安寧、皇室の息災などを祈願した法会。

◆**賀茂祭**（かものまつり）
京都の賀茂神社の祭。葵祭《あおいまつり》とも呼ばれる。昔は四月の中の酉《とり》の日、今日では五月十五日に行われる。斎王《さいおう》、勅使《ちょくし》らが行列して、御所から下鴨、上賀茂とめぐる。その行装は華麗を極め、京中は観衆で雑踏した。

◆**几帳**（きちょう）
平安時代に起こった障屏具《しょうへいぐ》のひとつ。貴人の座側に立て、あるいは簾《すだれ》の面に沿って置いて、隠しや風よけ、室内の仕切りや装飾に用いた。

◆**後朝**（きぬぎぬ）**の文**
男女が一夜を共にしたあと、早朝に帰った男性から女性に宛てて送っていたとされる恋文。元は「衣衣（着ぬ）」で、衣服を着た後のことを指す。

◆**蔵人**（くろうど）
もともとは天皇の御物を納めた倉の管理を司《つかさど》っていたが、八一〇（弘仁元）年、蔵人所が設置されると、天皇の側近にあって奏上、命令の取次ぎにあたり、昇殿を許され、宮中の事務や行事万端にあずかり大きな勢力をもった。

◆**穢れ**（けがれ）
平安時代には死や疫病《えきびょう》、また出産や月経などが「穢れ」とされ、穢れに触れた人は一定期間の物忌《ものい》み（禁忌を守り、身を慎むこと）などで身を清めなければならなかった。

◆**検非違使**（けびいし）
律令制の官職のひとつ。都の治安維持を担当した。「佐《すけ》」は検非違使内部の役職の次官にあたるが、長官である「別当《べっとう》」は兼務が多かったため、実質的に佐が検非違使庁の責任者だった。

◆**蔀戸**（しとみど）
板の両面に格子を組んだ戸。上下二枚に分かれ、上半分だけ上げるものを半蔀《はじとみ》という。寝殿造の外周建具は妻戸《つまど》（扉）を除いて大半は蔀戸であった。

◆水干（すいかん）

平安時代以降、下級官人および武家が用いた衣服。のりを使わず板の上で水張りにして干し、乾いてから引きはがして張りをもたせた布で仕立てられたため、この名で呼ばれた。

◆赤斑瘡（せきはんそう）

平安時代によく発生した疫病のひとつ。その症状から現代のはしかの一種ではないかといわれている。

◆空寒み　花にまがへて　散る雪に　少し春ある　心地こそすれ

清少納言詠歌。枕草子一〇六段「二月つごもり頃に」。藤原公任《きんとう》の下の句に応えたもの。本書一七七ページ。

【訳】空が寒く、まるで花と見紛うように散って降る雪のため、少し春の気配が感じられることです。

◆大元帥法（たいげんのほう）

悪獣や外敵などを退散させる力をもつという大元帥明王《たいげんすいみょうおう》を本尊として鎮護国家のために修する法。承和六（八三九）年、僧伝灯大法師位常暁《じょうぎょう》が唐から伝えた。正月八日から七日間、朝廷で修せられ、また敵国降伏のために臨時に行われた。

◆滝口（たきぐち）

蔵人所《くろうどどころ》に属する禁中警衛の武士。宮中清涼殿の北東、御溝水《みかわみず》の落ちるところを宿所としていたので、滝口の武者といわれた。滝口は御所に宿直するが昇殿は許されず、宿直する場合は蔵人がとりつぎ、その姓名を名乗った。

◆着裳（ちゃくも）**の儀**

裳着《もぎ》。平安朝の宮廷貴族社会で行われた通過儀礼のひとつで、女子が成人して初めて裳を着ける儀式をいう。十二〜十四歳で行われ、配偶者が決まったとき、または婚姻の見込みのあるときに行うことが多い。

◆着袴（ちゃっこ）**の儀**

平安朝の宮廷貴族社会で行われた通過儀礼のひとつで、嬰児《えいじ》から幼児への成長を祝い、男女とも三〜七歳のころに初めて袴《はかま》を着ける儀式をいう。皇子・皇女では三歳の例がもっとも多い。吉日吉時を選んで行われた。

◆月見れば　老いぬる身こそ　悲しけれ　終には山の　端にかくれつつ

清少納言詠歌。清少納言集、玉葉和歌集巻一八雑歌。本書一三八ページ。

【訳】月を見ると老いた身が悲しくなる。月が山の端に隠れるように自分もこの世から消えてゆくのだから。

◆時司（ときづかさ）

陰陽寮《おんみょうりょう》で時刻を報知することを司った職。また、その役所。鐘鼓を打ち、時の簡《ふだ》に杙《くい》を差し替えて時刻を告げた。

◆名対面（なたいめん）

宿直の官人がその名を問われて名乗ること。特に禁中で、亥の刻（現在の午後十時を中心とした前後二時間程度）に、宿直勤番の殿上人・滝口などが点呼のために氏名を問われて名乗ること。

◆白氏文集（はくしもんじゅう）

唐の白居易の詩文集。現存七十一巻。平安時代に渡来し、「文集」または「集」と呼ばれ、広く愛読されて当時の文学に影響を与えた。

◆春宮（はるのみや）

天皇の位を継ぐべき皇子。本書に出てくる春宮は後の三条天皇。

◆をりをりに　かくとは見えて　ささがにの　いかに思へば　絶ゆるなるらん

紫式部詠歌。続古今集一三八〇番。校定紫式部集九一番。本書一四一ページ。

【訳】折々は蜘蛛が巣をつくるように繁く手紙のやり取りをしていたのにどうして途絶えてしまったのでしょうか。

宮木あや子（みやぎ あやこ）

1976年神奈川県生まれ。2006年『花宵道中』で第5回「女による女のためのR-18文学賞」大賞および読者賞を受賞してデビュー。2013年『セレモニー黒真珠』で第9回「酒飲み書店員大賞」を受賞。著書に『白蝶花』『雨の塔』『太陽の庭』『官能と少女』『ガラシャ』『春狂い』『校閲ガール』など。

砂子《すなご》のなかより青《あお》き草《くさ》

2014年6月18日　初版第1刷発行

著　者……………………宮木あや子
協　力……………………伊藤義司／工藤敦身

発行者……………………石川順一
発行所……………………株式会社平凡社
東京都千代田区神田神保町3-29
〒101-0051
電話03-3230-6584（編集）／03-3230-6572（営業）
振替00180-0-29639
http://www.heibonsha.co.jp/

印刷・製本……………………図書印刷株式会社

ISBN978-4-582-83644-8
NDC分類番号913.6　四六判（19.4cm）　総ページ256

野辺までに心ばかりは通へどもわがみゆきとも知らずやあるらん